O Bonequeiro de Sucata

Eliana Martins

Ilustrações
Catarina Bessell

Conforme a nova ortografia

Copyright © Eliana Martins, 2013

Gerente editorial: ROGÉRIO CARLOS GASTALDO DE OLIVEIRA
Editora: KANDY SGARBI SARAIVA
Coordenação e produção editorial: TODOTIPO EDITORIAL
Preparação de texto: BÁRBARA PRINCE
Auxiliares de serviços editoriais: FLÁVIA ZAMBON e LAURA VECCHIOLI
Estagiária: GABRIELA DAMICO ZARANTONELLO
Suplemento de atividades: MARA DIAS
Revisão: ISABELA NORBERTO e ANA LUIZA CANDIDO
Produtor gráfico: ROGÉRIO STRELCIUC
Gerente de arte: NAIR DE MEDEIROS
Projeto gráfico: LEONARDO ORTIZ
Capa: LEONARDO ORTIZ e CATARINA BESSELL
Impressão e acabamento:Bartira

CIP-Brasil. Catalogação na publicação
Sindicato Nacional dos Editores de Livros (RJ)

M341b
Martins, Eliana, 1949-
O bonequeiro de sucata / Eliana Martins ; ilustração Catarina Bessell. - 1. ed. - São Paulo : Saraiva, 2013.
72 p. : il. ; 21 cm. (Jabuti)

ISBN 978-85-02-20570-3

1. Novela infantojuvenil brasileira. I. Bessell, Catarina. II. Título. III. Série.

13-02162
CDU: 087.5
CDD: 028.5

8ªtiragem, 2018

SARAIVA Educação S.A.
Avenida das Nações Unidas, 7.221 – Pinheiros
CEP 05425-902 – São Paulo – SP
www.editorasaraiva.com.br

Tel.: (0xx11) 4003-3061
atendimento@aticascipione.com.br

Todos os direitos reservados.
CL 810249
CAE 571430

Para meus amigos do Rio,
que me abriram os braços.

Todos veem o que pareces, poucos
percebem o que és.

Nicolau Maquiavel

Balde de água fria

Zeca tremeu ao despejar a água fria no corpo. Eram assim os banhos no barraco onde morava. Para não gastar gás, a mãe proibia esquentar a água.
– Sai desse banheiro, moleque! – Consuelo gritou, irritada.
O filho fez que não ouviu. Já estava acostumado com os berros dela. Olhou-se no pedaço de espelho colado atrás da porta e ficou imaginando como seria quando fosse adulto. Uma bela barba. Sim, deixaria a barba crescer. As meninas que junto com ele catavam material reciclável no aterro sanitário suspiravam cada vez que o Maquelsen passava com aquela barbona preta.
Seu rosto de treze anos, refletido no espelho, lhe mostrava que seria um grande homem. Estudar e progredir. Do jeito que gostava de ler, quem sabe fosse advogado, para cuidar dos direitos dos catadores; ou médico, para cuidar da saúde deles.
– Sai já daí, seu inútil! – gritou, de novo, a mãe.
"Inútil por quê?", Zeca se perguntou. Catava lixo no aterro desde pequeno. De manhã, ia para a escola. Depois do almoço, encontrava o pai no lixão, e só voltava no fim da tarde, imundo e cheirando a podre. Aquilo era vida de criança? Não, não era. Mas nunca reclamou. Sabia que os pais lutavam com dificuldade e ficava feliz por poder ajudar. "E quem ajuda não é inútil", concluiu.
– Filho, o pai também precisa tomar banho. Dá pra liberar o banheiro?

Dirlei tinha outro jeito de ser. Trabalhando feito um condenado, lutava para dar vida melhor a Consuelo. Mas nada do que conseguia a deixava feliz.

Era paixão fulminante o que sentia pela esposa. Ninguém era mais importante que Consuelo. Nem Zeca, o filho que tanto quisera. Faria qualquer coisa por sua morena.

Às vezes, ela ameaçava ir embora. Não aguentava mais aquela vida estúpida; marido malcheiroso e filho para alimentar.

Dirlei se desesperava. Pedia que ela tivesse mais um pouco de paciência. As coisas iam melhorar. Ele ia ganhar dinheiro, alugar uma casa lá embaixo perto da avenida. Zeca já era quase adulto, logo ia poder tocar a vida dele em outro lugar.

"Eu vou ser doutor, deixar a barba grande, mas nunca, nunquinha mesmo, ficar longe dos meus pais", pensou o menino, dando o último retoque nos cabelos crespos.

– Tcharam! – fez ele, abrindo a porta do banheiro.

Foi quando um balde de água fria molhou sua roupa.

– O que é isso, Consuelo?! – gritou o marido.

– Isso é pouco! Esse moleque me deixa louca! Agora deu pra encher o barraco dessas porcarias que faz com garrafa PET.

Zeca baixou a cabeça e examinou a roupa. Não tinha outra para vestir. Era aquela ou nada; a mãe estava lavando a que ele havia tirado antes do banho.

Dirlei teve pena do filho, mas não tomou partido. Consuelo ficaria ainda mais raivosa. Ele limitou-se a entrar no banheiro e tomar um banho de gato. Em cinco minutos estava à mesa para jantar.

– O que vamos comer hoje, morena?

O grande Lúcio

O velhote entrou no boteco Beleza Pura apoiado no cabo de vassoura que lhe servia de perna. Pediu um pingado e um pão com manteiga.
– Vai jantar só isso, homem? – perguntou o dono do boteco. – Sem perna e de barriga vazia, não sei não, malandro.
O outro sorriu.
– Tô aqui, não tô? Vivinho da Silva. Não gosto de encher a pança de noite. Não penso direito quando como demais.
– E no que é que você precisa pensar, Perneta? Tem seu barraco próprio, o dinheirinho que ganha com a venda dos troços que faz.
– Mas não vendo todo dia! – interrompeu ele, irritado. – Tenho que me virar.
– E pelo jeito se vira bem. Tem até televisão e antena parabólica, véio – disse o balconista, dando risada.
– Tudo usado. De segunda mão.
– Tá bom, Perneta, tá bom. Já trago o pingado e o pão.
Lúcio tinha uns sessenta e poucos anos. Franzino e enrugado, aparentava bem mais. Em outros tempos, já fora muito aplaudido como trapezista...
Daquela noite não esquecia.
O circo estava lotado. Quando o apresentador disse o nome do trapezista, a plateia veio abaixo de tanto aplauso.
O Grande Lúcio entrou no picadeiro vestindo sua roupa laminada.

Agradeceu os aplausos e foi escalando a corda atada ao trapézio. Já lá em cima, ouviu o apresentador chamar sua parceira.

Nilma surgiu, agradeceu e subiu pela corda, acomodando-se no outro trapézio.

O número que os dois faziam havia anos era de tirar o fôlego. A dupla Lúcio e Nilma era imbatível. E se amava.

Os dois voaram como borboletas, sob aplausos constantes. Ao final do número, deslizaram pela corda e saíram de cena. Missão cumprida. Agora, era relaxar.

Mas um acidente arruinou a noite de sucesso.

Era madrugada quando uma chuva torrencial desabou. A lona do circo balançava como bandeira desfraldada. A sirene tocou.

– Atenção! Atenção! Precisamos de todos os homens! Atenção! – alguém gritou.

O trapezista acordou assustado. Deu um beijo em Nilma e se embrenhou na chuva.

Logo viu o aglomerado de homens tentando decidir como segurar o eixo central da estrutura, que ameaçava cair.

O dono do circo, que havia dado o alerta, entrou no picadeiro para observar melhor. Lúcio e outros homens o seguiram. Foi nessa hora que um estalo tremendo fez o eixo central sair do prumo, deixando escapar uma barra de ferro.

– Cuidado! – gritou um.

Lúcio tentou correr, porém tropeçou nos fios das caixas de som e caiu no picadeiro. A barra de ferro desceu implacável.

As luzes e o vozerio eram muitos quando o trapezista acordou. Mas não eram as luzes do circo nem as vozes dos espectadores. Estava em um hospital. Apenas um pedaço de sua perna esquerda, enfaixada, jazia na cama.

Algum tempo depois, Lúcio voltou ao circo. Contudo, Nilma já não o teria por parceiro de trapézio.

Mas o *show* não podia parar. Sem perda de tempo, o dono do circo contratou outro trapezista.

Nilma e Lúcio continuaram juntos. Ele buscando uma nova vida, ela brilhando nos ares com seu novo par.

Lúcio esculpiu um cabo de vassoura para lhe servir de perna. Depois, entalhou outro. Aos poucos, foi se tornando um mestre nessa arte: desfilava pelo circo cada dia com uma perna diferente. Ora coloridas, ora envernizadas.

Partindo desse trabalho, ofereceu-se para confeccionar objetos de madeira e vendê-los na entrada do circo. O dono, a princípio, concordou. Só que o dinheiro que entrava era pouco. Não pagava o custo de Lúcio Perneta, como agora era conhecido.

Certo dia, Nilma disse que estava apaixonada pelo novo parceiro.

Lúcio se desesperou. Era o fim dele no circo. Não tinha mais nada a fazer ali. Juntou seus poucos pertences e as pernas de cabo de vassoura, esperou a noite chegar e foi embora.

Ninguém teve o trabalho de procurá-lo. Nem Nilma.

Um dia, a saudade brotou tão forte! Lúcio quis rever a amada. Mas o circo não estava mais lá. Partira levando o passado do ex-trapezista.

Daí em diante, Lúcio se instalou em um barraco abandonado, no morro do aterro sanitário.

O povo o acolheu. Há muitos anos vivia ali. Fazia pequenos serviços, ensinava as crianças a esculpir. E ia vivendo.

O sonho de Consuelo

A mãe de Zeca colocou a comida na mesa, batendo as panelas.
– Taí. Quem quiser que se sirva.
– Humm! O cheirinho tá apetitoso – elogiou Dirlei.
– Não pôs prato pra mim, mãe? – disse Zeca.
– Pega, ora! Eu sirvo teu pai. Tu que se vire.
Zeca não discutiu. Levantou, pegou o prato e se serviu.
– Não aguento mais comer macarrão e batata – resmungou Consuelo.
– Pois devia dar graças a Deus, morena. Tem muito vizinho nosso que não come nem isso.
– Vizinho idiota, que botou um monte de filho no mundo pra ter que dar de comer.
– Mas todas as crianças trabalham aqui no morro, mãe – atreveu-se Zeca.
Consuelo nada disse. Sua cabeça já viajava pelos programas de calouros e pelos palcos dos teatros.

Jamais pensara em se casar ou em ter filhos. Mas conheceu Dirlei, homem trabalhador e louco por ela. Resolveu casar. Por que não? Tinha tanta cantora casada... Só fez o companheiro prometer que não teriam filhos. Isso não! De jeito nenhum! Ia ser cantora famosa. Filho só ia atrapalhar.

Mas ele veio. Numa noite desavisada de amor.

– Não quero ter esse bebê, Dirlei! Não quero! – tinha dito, em prantos. Mas ele estava enlevado demais com a possibilidade de ser pai de um filho dela.

– Filho é uma bênção de Deus, um ser humano que ninguém tem o direito de matar, morena.

Consuelo soluçou até não poder mais. No entanto, levou adiante a gravidez.

Quando o bebê nasceu, Dirlei exultou. Era a cara de Consuelo.

– Se fosse menina, ia chamar Consuelo, que nem tu, morena. Mas é menino. Que nome podemos dar?

– Por mim, pode chamar de qualquer coisa. Bota Zé – ela respondeu.

O bebê virou Zeca.

– Sabiam que o Bosu atacou de novo? – perguntou Zeca, voltando para a mesa com o prato de comida.

– Pois é. Tava todo mundo comentando hoje no lixão. Foi lá que ouviu também? – perguntou Dirlei.

– Não. Quem me contou foi o Elvispresli.

– Tu não tá dando corda pro pai dele, tá, Zeca?

– Claro que não, pai! Apesar de que o Maquelsen sempre foi legal comigo – respondeu o garoto, dando uma garfada na comida.

Consuelo se interessou pelo assunto.

– Não sei o que tu tem contra o Maquelsen, Dirlei. Ele sim é um cara esperto. Cheio de tatuagens. Tem a tua idade e o dobro de dinheiro. Dizem que é dono de um monte de casas, lá pra baixo perto da praia.

– Pois se tem é porque é safado. Ninguém enriquece só catando lixo, morena. E tatuagem não enche barriga.

– Eu também acho, mãe.

– Tu não acha nada, fedelho! Mas é bem igual ao teu pai: em vez de se dar com o Maquelsen e aprender a ganhar dinheiro, tu vive de mala e cuia com o Elvispresli, que é um molenga.

Dirlei fingiu não ouvir o comentário, voltando ao assunto do assaltante.

– O Bosu, pra mim, é um mistério. Ataca a qualquer hora e ninguém vê.

– Não vê mesmo, pai. Ouvi dizer que a polícia tá oferecendo recompensa pra quem pegar ele. Vivo ou morto. Desconfia de alguém?

O pai pareceu surpreso com a pergunta.

– Não tenho ideia, não – disse, recolhendo o prato e colocando na pia. – Vou me espichar na cama. Não demora, morena – e saiu, encerrando o assunto.

– Homem sem ambição. Só quer se espichar, feito lagartixa, ver tevê e beber pinga de vez em quando. Por ele, não sai daquele lixão. Progredir? Nem pensar! – resmungava Consuelo, lavando a louça.

Menino do Rio,
lá ra ra ra ra, lá ra ra

Para afastar o desgosto, mostrou a voz. Longe dali, imaginação à solta, ela subia ao palco, aplaudida pela plateia.

O lixão Ribeirão do Mato

O sol batia escaldante na cabeça dos catadores quando Zeca chegou com a marmita do pai.
— Nossa, por que se atrasou? Minha barriga já tava roncando.
— Fiquei tirando umas dúvidas com o professor de Matemática.
Mas o pai, afoito por abrir a marmita, nem ouviu a resposta.
Elvispresli e Tozoando também subiram o morro para catar lixo.
— E aí, Zeca, inventou mais alguma coisa pra gente fazer com as "reciclas"? — quis saber Tozoando.
— Eu pedi pra vocês guardarem umas garrafinhas de água mineral, daquelas bem pequenas, mas não guardaram. Sem elas não dá pra fazer o lustre.
— Tá duro de pegar recicla, viu? Meu pai não dá mole, não. Tá cada vez mais de olho no que entra e no que sai do depósito — reclamou Elvispresli.
— Teu pai?! Mas até cachorro do morro sabe que ele não manda nada no lixão! Tozoando... — disse o próprio, que tinha esse apelido justamente porque vivia fazendo brincadeiras com os outros e repetindo essa expressão.
— Eu sei. Mas deu de vigiar. Vive metido lá na Associação — explicou o filho de Maquelsen. — Minha mãe contou que o sonho do meu pai é ficar rico fazendo bonecos de sucata. Ela até apelidou ele de Bonequeiro de Sucata.
— Mas desde quando o teu pai sabe fazer bonecos? Nunca vi ele fazer nada com sucata... — comentou Tozoando.

– Pois é. Mas ele disse que tá pensando no assunto. Você sabe que o meu velho não gosta muito que a gente fique fazendo perguntas, né?
– Tudo bem, gente – Zeca cortou o assunto. – Então eu mesmo vou guardar as garrafinhas que achar, daí o teu pai não vai poder regular.

Maquelsen, como Consuelo dissera, também achava o filho um molenga. Elvispresli não tinha a garra e o destemor do pai. Só fazia borrar as calças.
"Imagine só! O sonho do meu filho é abrir uma biblioteca aqui no lixão. Juntar os livros que o povo joga fora, sair por aí, feito um molambento, pedindo doação de livro. E o pior é que encontrou um parceiro: o filho da Cantora. Outro molenga", comentava Maquelsen com os companheiros de bar. "E tá tentando virar a cabeça da Suelen. Mas isso vai mudar. Ah, se vai!"

Quase dois mil catadores trabalhavam no Ribeirão do Mato. Desde o raiar do dia, até a hora em que se viam os focos de fogo que o gás metano provocava. Era uma cidade de lixo, cheia de urubus. Ao redor dela, só indústrias de reciclagem.

Tinha de tudo no lixão, até defunto. Quando havia guerra na favela, muitos corpos desapareciam. Dias, semanas, por vezes até meses depois, alguém os encontrava, misturados ao lixo.

Vida dura.

Gente chegando cedo, carregando a pesada bombona azul, o recipiente de coleta de recicláveis que as indústrias químicas doavam. Com sacos plásticos servindo de luvas, embrenhavam-se no meio do lixo buscando sucata.

A vida no lixão era difícil, mas ninguém se queixava.

"Onde vou ganhar o que ganho aqui?", diziam os homens.

As mulheres preferiam recolher plásticos e garrafas PET, por serem mais fáceis de carregar.

"O dinheiro do lixão dá de comer pros nossos filhos, mas não vai dar futuro pra eles", diziam elas.

– Escuta! Escuta, gente fina! – berrou o vice-presidente da Associação de catadores, com seu megafone. – Vamos encerrar mais cedo hoje, que é dia de pagamento. Bora lá, minha gente!

A tarde havia passado acelerada.

Visto de fora, o aterro sanitário do Ribeirão do Mato parecia um formigueiro. Gente saindo por todos os vãos do lixo, arrastando as bombonas lotadas de sucata.

Era hora de trocar as coisas velhas por dinheiro. A fome por comida. A sede por bebida. A morte por vida.

Dirlei e Zeca acompanhavam a turba.

Ao chegarem ao pé do morro, os catadores puderam ver, mesmo de longe, uma movimentação na porta da Acarma – Associação dos Catadores do Ribeirão do Mato. Quanto mais perto chegavam, mais a confusão aumentava. Zelão, o presidente, chorava.

– Quando fui chegando aqui, já vi que tinha coisa errada. Um homem encapuzado me apontou um revólver. Ele já tava com o saco de dinheiro na mão. Saiu correndo e se juntou com outros dois, que vigiavam escondidos. Levaram tudo, gente... Tudo... Não sobrou um tostão – contou, aos soluços.

O desânimo tomou conta do povo.

– Escuta! Escuta, gente fina! – voltou a berrar o vice-presidente. – Não adianta subir os degraus da fama com a vida coberta de lama. Pra tudo Deus dá jeito. Vão pras suas casas. Amanhã é outro dia.

Bosu atacara de novo.

Medo e fome na favela

No dia seguinte, o nome de Bosu estava em todas as bocas e cantos da favela. Quem era ele? Onde atacaria da próxima vez? O que fazia com o dinheiro e as coisas que arrecadava? Era uma ameaça que não deixava mais ninguém em paz.
    Elvispresli bateu na porta do barraco de Zeca. Consuelo veio abrir.
    – O Zeca tá?
    – "O Zeca tá"; vê se isso é jeito de falar comigo, moleque? Não sabe o que é respeito, não?
    – Desculpe, dona Consuelo.
    – Dona, não. Cantora. Zeeeeeee-caaaaaaa! – gritou, como se o barraco fosse gigante, e saiu.
    O filho apareceu de trás da cortina que separava o pedaço de cozinha onde dormia.
    – Que que foi... Oi, Elvis – disse, reparando no amigo. – Conseguiu as garrafinhas?
    – Foi um sufoco pegar, ainda mais depois do assalto. Mas consegui.
    – Pegou seis?
    – Peguei.
    Zeca se empolgou com a possibilidade de fazer o lustre de garrafinha PET. Tirou da mesa o vaso feito de lata de leite em pó, com flores de plástico, e puxou a toalha.

– Põe as garrafinhas aí, Elvis, que vou pegar o resto do material – pediu ao amigo, justo quando a mãe voltava.

– O que vocês pensam que vão fazer aqui?

Elvispresli ficou sem graça.

– A gente vai trabalhar, mãe – disse Zeca.

– Trabalhar? Então ficar cortando garrafa plástica é trabalhar? Vão carregar lixo nas costas, seus molengas! E a escola? Cabularam, foi?

– Hoje não tem aula, dona... Cantora. Por causa do assalto.

– O assalto foi ontem. Hoje é hoje. Tirem já esse lixo daí de cima!

Quando Consuelo mandava, tinham de obedecer. Ela era capaz de arrebentar o barraco se ficasse nervosa.

– Vão! Vão saindo já! Depois, tenho que encher barriga de pançudo – disse, olhando para Elvispresli, que tornou a colocar as garrafinhas no saco que trouxera.

Quando Zeca saía com o amigo, Consuelo berrou:

– Pode voltar aqui! Pega aquela porcaria que colocou atrás do motor da geladeira e some com ela.

Zeca voltou.

– É só um livro, mãe. Que achei ontem, no lixão. Coloquei lá pra secar.

– Pois tire!

Elvispresli já esperava por Zeca na sede da Acarma, quando ele chegou, desanimado, segurando o livro ainda úmido: *O príncipe*, de Maquiavel.

– Achou esse livro, Zeca?

– Foi.

– Sabe, já tenho pra lá de uns trinta na minha casa.

– Tudo isso, Elvis?! Já dá pra começar a biblioteca, cara.

– Dá não, Zeca, tem muito livro manchado, faltando página.

– Então vamos continuar juntando. Qualquer hora te ajudo a separar os livros que estão completos, daí juntamos com os meus.

Elvispresli se animou.

– Uma hora essa biblioteca sai, né, Zeca?

Os dois amigos deram um aperto de mãos, como num pacto; depois, sentaram à porta da Associação.

Observaram o movimento da favela. O tempo não ajudava. Manhã de céu cinzento. Poças d'água encharcavam o chão barrento.

Nos dias normais, àquela hora, todos estavam no morro catando sucata. Não naquele dia. O fantasma de Bosu os perseguia. A fome também. Precisavam catar sucata tudo de novo para vender. Até lá, nada de comida.

– Tenho tanta pena deles, Zeca.

– Eu também tenho, Elvis. Mas a gente tá na mesma situação. A comida lá de casa tá por um fio.

– Pois então vamos na minha, que te dou um pouco. Lá, não tá faltando, não.

Zeca estranhou. O pai do amigo também catava lixo. Dependia do dinheiro que Bosu havia roubado. Mas diziam que o Maquelsen possuía uns barracos que alugava. Devia ser por isso que não faltava dinheiro nem comida.

Os dois garotos entraram no barracão da Acarma e pediram licença para fazer o pequeno lustre ali.

Como Zelão concordou, espalharam o material em cima da mesa e começaram o serviço. Uma hora depois, o lustre estava pronto.

– Vão fazer o quê com essa belezura? – uma voz de homem perguntou.

– Pai?! – exclamou Elvispresli, admirado.

Maquelsen observou o trabalho.

– Sabe fazer mais coisas dessas, Zeca? – perguntou.

– Sei fazer várias coisas de sucata, Maquelsen. Só não faço porque minha mãe implica.

Ao lembrar de Consuelo, o pai de Elvispresli esboçou um sorriso cheio de malícia.

– A Cantora é parada dura.

Elvispresli contou ao pai que havia oferecido comida à família de Zeca.

– Não dá pra distribuir – disse Maquelsen.

– Mas um pouco dá pra...

– Dá pra calar a boca e voltar pra casa, Elvispresli! – interrompeu o pai, mudando de humor e saindo do barracão, a passos largos.

– Tudo bem. Deixa pra lá – disse Zeca ao amigo.

Elvispresli seguiu o pai.

O filho da Cantora ficou recolhendo o material. Ia vender aquele lustre lá embaixo, na praia. Ganhar um dinheiro e dar para a mãe. Quem sabe ela se animasse a deixá-lo fazer mais objetos. Então a sorte mudaria.

Antes de voltar ao barraco, pegou o livro, que deixara na janela, secando ao vento. Abriu a esmo e leu: "A sorte é sempre amiga dos jovens, porque são menos circunspectos, mais ferozes e com maior audácia a dominar".

Parecia que Maquiavel havia escrito aquilo para ele. Seria prenúncio de algo bom?

A proposta de Maquelsen

Enquanto o morro se agitava por conta dos últimos acontecimentos, Lúcio Perneta bebericava no Beleza Pura, alheio a tudo.
– Grande Lúcio do trapézio, como é que vai essa força? – perguntou alguém que entrava no boteco.
Virando-se, o velhote deu de cara com Maquelsen. Mas nem cumprimentou. Continuou contemplando o copo de bebida.
– Me traz uma gelada aí, ô menino! – Maquelsen berrou para o balconista.
Lúcio Perneta, cabeça baixa, pareceu se incomodar com aquela aparição repentina.
– Pra que gritar tanto, logo cedo?
– Cedo pra tu, que parece zumbi e não dorme. Pra mim já é tarde – disse o pai de Elvispresli, dando um tapa nas costas do outro. – Tenho uma proposta, Perneta.
O ex-trapezista levantou os olhos macambúzios.
– Diga.
Maquelsen se empertigou na cadeira.
– Tu conhece o filho da Cantora, não conhece?
– O Zeca.
– Ele mesmo.
– E daí?

– Descobri que o garoto sabe fazer umas coisas com sucata. Bem que meu filho dizia. Até peguei ele no depósito, catando umas garrafinhas de água mineral. Dei um esculhambo e não deixei levar. Mas hoje, quando cheguei na Acarma, os dois tavam lá terminando um lustre de fundo de garrafa de água mineral. Nem questionei de onde tinham tirado as garrafas, pois me veio uma ideia sensacional.

– Você sempre se acha sensacional, Maquelsen.

– Não sei por que tu tá desse jeito hoje, Perneta.

– Você falou, falou, mas não disse que proposta quer me fazer. Fala logo, que hoje não tô bom pra papo.

Maquelsen abriu o jogo. Disse que, há muito tempo, sonhava em fazer bonecos de sucata. A esposa até o chamava de "Bonequeiro de Sucata". O único empecilho era que não tinha habilidade manual nenhuma. Mas, juntando a criatividade do filho da Cantora com a de Lúcio Perneta, imaginou comprar um terreno e construir um barracão de artes recicladas. Inicialmente, só Zeca, Tozoando e Elvispresli trabalhariam. Mas, conforme a coisa fosse crescendo, outros garotos seriam contratados. Só gente do Ribeirão do Mato.

– Sabe como é, Perneta, tipo pra dar uma oportunidade melhor de trabalho pros nossos jovens.

O interesse e o humor de Lúcio Perneta foram melhorando, conforme o outro falava.

– E onde eu entro nisso tudo, Maquelsen?

– Ora, Perneta, tu não é o maior escultor destas bandas? Não faz coisa de sucata pra caramba? Não é danado como o diabo? Pois que pessoa melhor do que tu pra tocar o negócio comigo?

O ex-trapezista se animou de vez. Afastou o copo de bebida e, sorrateiramente, guardou no bolso da camisa a foto de Nilma, que apertava em uma das mãos.

– Você acha que os meninos vão querer trabalhar com isso, Maquelsen?

– E quem não vai querer ter casa, comida, roupa lavada, e não catar mais lixo?

– Como casa, comida e roupa lavada? Eles vão morar no barracão? – estranhou o homem.

– No começo não dá, né, Perneta. Continuam morando cada um na sua casa. Mas depois, com o correr das coisas, separo uma parte pra trabalho e outra pra moradia. Aí podem trabalhar até a hora que for preciso.

– E a escola deles?

– Ah, isso não tem problema, não. No horário da aula, não trabalham. Eu não vou querer que o Elvispresli interrompa os estudos.

– E os outros?

Maquelsen já estava ficando irritado com tanta pergunta. Negócio era negócio. O barracão seria um emprego, não uma creche.

– Escuta aqui, tu aceita ou não a minha proposta?
O ex-trapezista voltou ao seu estado de contemplação.
– Aceita ou não, Perneta?
– Respondo só quando me disser se os outros que trabalharem no barracão também vão poder continuar na escola.
– Sim. Sim e sim. Deu? Tá satisfeito?
Lúcio pegou a perna esculpida, que descansava encostada à outra cadeira, e levantou-se, dirigindo-se ao balcão do boteco.
– Quanto devo?
Maquelsen também se aproximou.
– Tu ainda não disse se aceita a proposta, Perneta.
Pagando a conta, o velhote mirou o outro de cima a baixo. Que diferença entre os dois! Perneta sempre fora de estatura pequena. Mas quando era trapezista, tinha músculos fortes. Um atleta. O acidente, o tempo e a inércia haviam lhe tirado a beleza do corpo. Maquelsen, ao contrário, esbanjava juventude e saúde.
– Aceito, Maquelsen. Se meu corpo não me serve como deveria, minha cabeça funciona cada dia melhor.

NO OUTRO dia

Na favela, a fome e o desânimo continuavam. Mas Zeca, garoto corajoso, assim que chegou da escola colocou um sorriso nos lábios e subiu o morro para levar a parca marmita do pai.
— Escuta, ô neném da mamãe... tozoando... tava te esperando pra contar uns troços que ouvi.
Zeca entregou a marmita ao pai e deu atenção ao amigo.
— Que troços, Tozoando?
— Ontem, quando eu voltava da escola, passei no boteco Beleza pra pedir umas laranjas. Minha irmãzinha tava roxa de fome, tadinha. Pelo menos o suco enganava a fome dela, né? Quando eu ia entrando, o Lúcio Perneta ia saindo.
— E o que é que tem?
— Ele saiu falando que se o corpo dele não servia, a cabeça tava pra lá de boa. Não é esquisito?
— Não vejo nada de esquisito, Tozoando. Tudo o que o Perneta sabe aprendeu sozinho. É um escultor dos bons. Pra fazer isso, tem que ter cabeça boa, não acha?
— E o Maquelsen?
— O que é que tem o meu pai? – intrometeu-se Elvispresli, que chegava para o trabalho.
Tozoando ficou sem graça.
— Nada... É que o teu pai também tava lá.

– Onde?

– No Beleza Pura...

– Ele tá sempre lá, Tozoando.

– ... com o Perneta.

A conversa foi ficando sem pé nem cabeça. Elvispresli sem saber o começo e Tozoando explicando o fim. Zeca deu um basta.

– Olha, é melhor a gente trabalhar em vez de ficar de papo. Depois, tu conta o caso pro Elvis. E pra mim também, que acabei sem saber o que achou de tão estranho.

– É que o Perneta disse que aceitava – explicou Tozoando.

– Aceitava o quê? – perguntaram os outros dois ao mesmo tempo.

– Sei lá! Como é que eu vou saber? – disse Tozoando, fazendo os amigos rirem.

– Conversa de bêbado, hein, gente? Vamos trabalhar! – disse, de novo, Zeca, colocando a pesada bombona no ombro.

– Pera aí! – pediu Elvispresli. – Quero convidar vocês pra um churrasquinho que meu pai vai dar lá em casa.

Os dois amigos recolocaram as bombonas no chão, espantados. Quando toda a favela penava de fome, o Maquelsen ia dar um churrasquinho em casa? E ainda tinha deixado o filho convidar os amigos?!

– São só vocês dois os meus convidados. Então vê se não vão dar cano, hein? – comentou Elvispresli, tentando parecer satisfeito. No fundo, ele se fazia essas mesmas perguntas.

– Que dia vai ser, Elvis?

– Amanhã. Sábado, ao meio-dia. Tô repetindo as palavras do meu pai, Zeca.

Dito isso, acomodou sua bombona azul no macio travesseirinho que levava no ombro, para não se machucar, e embrenhou-se no meio do lixo.

– É mole, cara? – disse Tozoando. – Tá pensando no que eu tô pensando, Zeca?

– Com certeza.

– Eu achava que era só hiena que comia carniça e ria. Agora sei que o Maquelsen também faz isso. Tozoando.

– O Maquelsen não come carniça, come churrasco. Por isso é que ele ri – disse Zeca, retomando o caminho do lixo.

À noite, com o corpo moído e o estômago roncando, ele reabriu, a esmo, *O príncipe*, de Maquiavel: "Dizia-se que Alexandre VI nunca fazia o que dizia. Já seu filho, César Bórgia, o Duque Valentino, nunca dizia o que ia fazer".

A desconfiança começou a armar sua rede nos pensamentos de Zeca.

Sábado meio-dia

O samba corria solto na casa de Maquelsen. Bonita. Quatro cômodos de blocos, que Lobo Mau nenhum punha abaixo.
De longe, Zeca e Tozoando puderam sentir o cheirinho de carne na brasa.
– Vão chegando, garotos! – disse o dono da casa, todo simpático.
Elvispresli e a irmã, Suelen, logo vieram receber os amigos.
No fundo do quintal, Janete, a mãe, borrifava o tempero sobre a carne usando um chumaço de salsinha.
– O cheiro tá bom, hein, dona Janete! – falou Tozoando.
– O churrasco é só pros dois melhores amigos do Elvis. Podem comer à vontade, viu? Fazemos questão – disse Janete.
– Eu também sou amiga deles, mãe – reclamou Suelen, oferecendo dois banquinhos para os amigos sentarem.
Menina bonita ela. Delicada, dengosa, cabelo cheio de trancinhas. Covinha do lado direito do rosto. Cílios longos nos olhos amendoados. Doze anos. Um a menos que o irmão e seus amigos. Suelen era o orgulho de Maquelsen.
Quando Zeca ajudou a pegar um banquinho, seus dedos roçaram nos dela. Uma onda de calor perpassou-lhe o corpo.
"Faz tanto tempo que conheço ela e nunca tinha reparado como é bonita", pensou.
– Coraçãozinho, meninos? – serviu Janete.
A certa altura do churrasco, começou a bater um vento forte. E foi só

roupa do varal voando para a terra, guardanapo de papel virando pipa e farofa se esparramando na mesa. Não demorou muito, desabou um temporal.

– Pra dentro, gente! Pra dentro! – berrou Maquelsen.

Suelen e os meninos ajudaram Janete a recolher as coisas e todos se enfiaram dentro da casa.

Por mais que olhasse, Zeca não conseguia saber onde começava e onde acabava a coleção de fotos, capas de discos e uma infinidade de coisas sobre o cantor estadunidense Elvis Presley.

Maquelsen percebeu o espanto do menino.

– Tá reconhecendo quem é, Zeca?

– Tô sim, Maquelsen. Minha mãe tem uma caixa cheia de recortes de cantoras e cantores famosos. Esse aí é o Rei do Rock, né?

Ao ouvir aquilo, o dono da casa se entusiasmou. Pegou Zeca pelo braço e foi mostrando e explicando, uma a uma, as fotos do cantor. Depois pegou um álbum e deu para ele ver.

– Olha, acho que eu sei mais da vida do Elvis do que a mãe dele – disse Maquelsen, cheio de orgulho.

– Mostra o chaveiro que mexe, pai – lembrou Suelen.

O pai enfiou a mão no bolso e pegou o chaveiro de Graceland, a casa onde Elvis Presley viveu e que, depois de sua morte, virou museu.

– Olha só, Zeca, as fotos se mexem – mostrou Suelen.

Realmente. Com um pequeno movimento do chaveiro, ora aparecia a foto do Rei do Rock sorrindo, ora tocando guitarra.

– Vai gostar do Elvis assim na praia, hein, Maquelsen? Tu é que tinha que chamar Elvispresli. Tozoando.

– Bom, agora vocês já sabem por que eu me chamo assim, né? – disse o filho de Maquelsen.

– Só que o cara do cartório devia ser uma anta pra juntar o nome e o sobrenome do roqueiro numa coisa só – disse Tozoando, irritando Maquelsen, certamente o autor do engano.

– Bom, bom, molecada, já que a chuva obrigou a gente a entrar em casa, aproveito pra falar o que preciso. Janete, vai com a Suelen pro quarto, que o assunto é de homem.

A mulher não ousou discutir. A filha olhou de esguelha para Zeca e acompanhou a mãe.

Maquelsen pediu aos dois que se sentassem.

– O negócio é o seguinte...

Discorreu, durante mais de uma hora, sobre a criação do Barracão das Artes Recicladas. Disse que os garotos continuariam na escola, mas não trabalhariam mais no lixão. Da aula, iriam direto para o barracão. Lá, teriam sempre almoço farto e trabalhariam com as sucatas. Lúcio Perneta os orientaria. Ensinaria a técnica da escultura. Zeca ensinaria aos outros o que sabia fazer com as garrafas PET. Ele, Maquelsen, continuaria tratando de seus negócios, mas também queria aprender no barracão tudo o que pudesse. Mais tarde, outros meninos se juntariam a eles. Em breve, criança nenhuma da comunidade do Ribeirão do Mato trabalharia no lixão. Disse que lá não era vida para criança, que isso, que aquilo.

Zeca, Tozoando e Elvispresli foram se empolgando tanto que, quando Maquelsen disse que o aterro sanitário não era lugar de trabalho para criança, eles aplaudiram e abraçaram o homem.

– No barracão também pode ter uma biblioteca, não pode, pai? – perguntou Elvispresli, mas Maquelsen ignorou.

– Agora que tô entendendo aquela história da conversa entre tu e o Perneta, Maquelsen – disse Tozoando, deixando o homem preocupado.

– Que conversa ouviu, moleque?

– Eu tava entrando no Beleza Pura, bem na hora que o Lúcio Perneta saía, dizendo que aceitava alguma coisa. Tu não me viu, não?

– Não – disse o outro. – Pois é. Justamente naquela hora, eu tinha convidado o Perneta pra trabalhar no barracão. Então é isso, molecada – continuou ele, mudando de assunto –, fico muito feliz que tenham aceitado o meu convite. Me aguardem. Assim que o barracão estiver pronto, aviso. Enquanto isso, vão pensando em outras coisas pra fazer com a coisarada que encontrarem no lixo – encerrou Maquelsen, com um sorriso vitorioso nos lábios.

A chuva caía bem mais mansa quando Zeca e Tozoando foram embora, levando a barriga cheia de churrasco e a cabeça cheia de ideias.

O show da cantora

Quando voltou para casa, Zeca encontrou a mãe descabelada, enxugando o chão.
– A chuva foi feia hoje, né, mãe?
Consuelo não respondeu.
– Cadê o pai?
A cantora levantou o rosto suado e encarou o filho.
– Tu não merece nada nesta vida, moleque. Tu é um nada.
– Por que tá dizendo isso agora, mãe? Acabei de chegar da rua.
– Tu acabou foi de encher a pança de comida, seu desalmado. Tô sabendo aonde foi. A mãe do Tozoando me contou. Churrasco à vontade. Arroz, maionese. E nós aqui, de bucho vazio.
Só então Zeca recordou a fome que se instalara na favela desde o assalto. A mãe tinha razão, ele era um nada mesmo. Só pensara em si. Devia ter pedido a Maquelsen um pouco da comida que sobrara. Ele estava tão feliz com a história do barracão... Talvez tivesse concordado em dar.
– Não fala nada porque não tem o que dizer, né, moleque? – continuou Consuelo. – Teu pai tomou uma pinga pra enganar o estômago. Mas foi que nem se bebesse veneno. Caiu no chão, feito um saco de batata.
– Não diz isso, mãe! Cadê o pai?
– Arrastei ele pra cama – respondeu, voltando a esfregar o chão.
Zeca correu para o quarto, onde Dirlei gemia.

– Pai! Pai! O que você tá sentindo?

– Nada não, Zeca. Já passa, já, já.

Com as lágrimas querendo sair, o garoto agradou o pai, voltou para a sala e abriu a porta do barraco.

– Vou buscar comida na casa do Maquelsen. Isso não tá certo. Ele com tanto e nós sem nada.

Mas, quando Zeca pensou que a mãe fosse ficar feliz com sua atitude, ela levantou o rodo e acertou a cabeça dele.

– Porqueira do inferno! Agora, que já anda com as próprias pernas, o que é que eu ganho? Traição. Punhalada nas costas.

– Não diz isso, mãe – pediu Zeca.

Uma gota de sangue escorria pela testa do menino.

– Digo sim. Digo quantas vezes quiser. Tu não tem pena do teu pai e da tua mãe.

Uma tontura começou a turvar a vista dele.

– Fala! Fala alguma coisa antes que eu te arrebente com o rodinho – Consuelo, transtornada, continuava a gritar.

– O que é isso, morena? – Dirlei apareceu à porta do quarto, apoiado no batente.

– Isso foi o que tu me obrigou a pôr no mundo.

Só então ele viu Zeca caído no chão. Desesperado e escorando-se nas paredes, saiu, barraco afora, pedindo socorro.

A vizinhança carregou o menino para a Acarma. Zelão, que desde o assalto praticamente morava na sede, pegou o furgão do aterro sanitário e levou pai e filho para o pronto-socorro. A fúria da mãe havia aberto a cabeça do menino.

Horas depois, cabeça enfaixada, Zeca voltou para casa com o pai.

No hospital, Dirlei também tinha recebido soro e alimentação. Passara mal enquanto aguardava Zeca.

Os dois entraram no barraco aparentemente vazio.

– Morena! Morena! – chamou Dirlei.

Mas só um soluço veio do quarto.

Ao entrarem, encontraram Consuelo deitada na cama, em prantos.

– Mãe! – chamou Zeca, apertando a mão dela.

A cantora abriu os olhos e mirou o filho.

– Não foi nada, mãe. Voltei e vou buscar comida pra você.

Sem dizer mais uma palavra, nem ouvir os apelos do pai, ele saiu.

Pouco tempo depois, voltou com um pote de sorvete cheio de linguiça e farofa, e outro com arroz.

Zeca preparou um prato, esquentou no forno e levou para a mãe.

– Come, mãe. O Maquelsen disse que não quer que a maior cantora da cidade passe fome.

Acomodando-se na cama, Consuelo saboreou a refeição. No rádio, a música de Caetano Veloso de que ela tanto gostava. Sem mesmo perceber, deixou escapar um olhar arrependido e grato ao filho. Por que será que Zeca a amava? Ela era tão rude com ele...

O barraco silenciou e a noite chegou, negra como piche. Nenhuma estrela se via no céu. No canto da cozinha, onde dormia, Zeca abriu o livro de Maquiavel e leu:

Aquiles foi entregue aos cuidados do centauro Quiron, que o educou. Ter um preceptor metade homem e metade animal significa que Aquiles sabia empregar uma e outra natureza. E uma sem a outra é a origem da instabilidade. Um homem completo deve tirar as qualidades da raposa e do leão. Precisa ser raposa para conhecer os laços e leão para aterrorizar os lobos.

Dinheiro e sossego

Uns quatro dias depois, a nova leva de sucata foi comprada por uma indústria de reciclagem. Zelão forneceu o material e recebeu o dinheiro. Apesar da tensão, dessa vez não houve assalto.

O vice-presidente da Acarma, com seu megafone, subiu o morro para avisar os catadores.

– Escuta! Escuta, gente fina! Hoje é dia de pagamento. Vamos largar mais cedo. Garanto que a grana tá todinha lá, na Acarma. Dessa vez não teve nem Bosu, nem surucucu, nem urubu que metesse a mão nela. Bora lá, minha gente, que o negócio é o seguinte: dezenove não é vinte.

E o bem-humorado homem – de cujo nome verdadeiro ninguém se lembrava, pois ele gostava de ser chamado de Vice –, limpando a testa suada, encabeçou a massa de trabalhadores morro abaixo.

Ao chegarem à Associação, Zelão os recebeu todo sorridente.

– Acabou a fome, pessoal. Acabou. Tudo o que tava aqui foi vendido. O que cataram hoje já fica pra próxima vez.

– Fala pra eles, Zelão, que até a carina os home compraram – disse o Vice.

Objetos como sapatos, brinquedos, roupas, radiografias, fantasias e outras coisas do gênero, chamados pelos catadores de "carina", eram muito difíceis de vender. As fantasias ainda dava para passar adiante por alguns trocados. Mas a sorte parecia estar de volta ao Morro do Ribeirão do Mato. Naquele dia, a carina toda tinha sido vendida a bom preço.

Zelão distribuiu os envelopes com dinheiro. Em algumas ocasiões, os catadores recebiam exatamente pelo que catavam. Mas, na maioria das vezes, e como catavam mais ou menos a mesma quantidade, a venda era feita em lote, e o dinheiro, dividido igualmente.

Teve até festa naquele dia. Não houve foco de gás metano que interrompesse a bateria da escola de samba Unidos do Ribeirão do Mato, que tocou até o raiar do dia.

A vida do povo do aterro sanitário parecia ter voltado ao normal. O temido Bosu não dera mais sinal de vida.

A construção do Barracão das Artes Recicladas ia de vento em popa. Em apenas trinta dias ele estava de pé.

Maquelsen distribuía sorrisos e Lúcio Perneta, se não fazia o mesmo, certamente andava menos taciturno.

Já não se reuniam no Beleza Pura. Agora, a reunião dos dois era feita no próprio barracão, a portas fechadas.

– Que demora, hein, Perneta? – reclamou Maquelsen.

O outro olhou de esguelha.

– Veja lá como fala comigo! Eu não consigo andar depressa... Você sabe muito bem.

– Tá bom, tá bom, desculpa.

O ex-trapezista, encostando a perna de pau na parede, acomodou-se em uma cadeira.

– Por que tanta pressa, Maquelsen?

– Quero inaugurar logo o barracão, Lúcio. Já tá todo mundo perguntando que diabo é isso que tô construindo.

– E por que não inaugura? O barracão já tá levantado. Temos mesa, bancos, luz elétrica. Até banheiro! Tá faltando o que pra inaugurar?

– Tá faltando grana, Perneta. Grana. Sabe o que é isso? Não vou inaugurar assim, sem mais nem menos. Quero dar uma grande festa. Colocar uma placa pisca-pisca na porta do barracão. Já tô até vendo: BARRACÃO DAS ARTES RECICLADAS. E dá-lhe piscada. A turistada toda se matando pra entrar e comprar. Os meninos se esfalfando...

– Para! Para! Para já! – interrompeu Lúcio Perneta. – Isso é pra depois. Quero saber agora: o que é que tá faltando?

Dessa vez foi Maquelsen quem encarou o outro.

– Quero fazer uma festa, já disse. Com comes, bebes e a bateria da nossa escola tocando pra todo o povo. Gente pobre e sofrida também tem direito de se divertir. É ou não é? Tem direito a um dia de alegria. É ou não é, Perneta?

O ladino Maquelsen tinha o dom de tocar o âmago do outro. Quando ouviu falar em dar alegria ao povo do aterro, o homem amoleceu.

– Tem razão. Eles merecem isso. Mas eu, a bem da verdade, não tenho dinheiro, Maquelsen.

– Nem aquele lá?

– Naquele lá não mexo. Já falei. É pra... Se acaso eu adoecer, não dar despesa pros outros.

O pai de Elvispresli se enfureceu. Deu um soco na mesa.

Lúcio não se abalou. Estava acostumado com aqueles ataques repentinos. Aos poucos, Maquelsen foi se acalmando.

– Desculpe, Perneta. Mas te digo: só inauguro o barracão com uma baita festa.

Depois que Maquelsen saiu, Lúcio, pensativo, pegou a foto de Nilma, que sempre levava no bolso. Ficou olhando, em devaneio. Era por ela que ainda vivia.

Um fato inexplicável

Naquela noite, Consuelo tinha sido convidada para cantar no Beleza Pura. Saiu de casa cedo, antes do anoitecer. Fazia tempo que não cantava em público, precisava ensaiar.

Desceu o morro, toda empertigada e cheia de balangandãs.

– Aonde vai tão linda, Cantora? – perguntou Maquelsen, ao vê-la.

A mãe de Zeca enrubesceu.

– Vou fazer um *show* no Beleza Pura. Aparece lá.

– Com certeza. Não perco por nada o *show* da minha cantora preferida. Qual vai ser o repertório?

Consuelo, cada vez mais envaidecida, discorreu sobre todas as músicas que apresentaria, entre elas "Menino do Rio".

– Começa lá pelas nove – ela informou.

– Tô lá, com certeza.

Feliz, a morena de Dirlei desceu o morro.

Depois que Zeca levava a marmita para Dirlei, eles se dispersavam e cada um catava sucata no seu canto. Mas, na hora de irem para casa, tinham um lugar certo para se encontrar.

Naquele fim de tarde, por mais que procurasse o pai, Zeca não foi capaz de encontrá-lo. Perguntou, aqui e ali, até que o Vice contou que tinha visto Dirlei descer o morro com a bombona pela metade.

O menino se preocupou.

– Que cara de passa fome é essa, ô Zeca? Tozoando.

– O Vice disse que meu pai foi embora cedo. Tu viu ele?

– Não. Mas teu *véio* não é de fazer corpo mole, né, Zeca. Se largou cedo é porque tinha alguma outra coisa mais importante pra fazer.

– E aí, Zeca, tá todo mundo falando do *show* que tua mãe vai fazer lá no Beleza – disse Elvispresli, interrompendo o assunto.

– Taí. Vai ver teu pai quis tomar banho e se perfumar pra ver a gostosona dele. Tozoando.

Zeca nem sabia que a mãe ia fazer *show*.

– Tô indo nessa, gente. Quem sabe meu velho tá me esperando lá em casa?

Elvispresli e Tozoando ficaram olhando o amigo se afastar.

– Eu tava por fora desse *show* da Cantora – disse Tozoando.

– Eu também fiquei sabendo agora, pelo meu pai. Falei que tava todo mundo comentando só pra agradar o Zeca.

O barraco estava vazio quando o menino chegou. Nem sombra do pai.

Zeca teve ímpeto de tomar um banho e descer até o Beleza Pura para aplaudir a mãe. Mas se ela não tinha dito nada, era melhor não ir. Queria que a noite dela fosse perfeita.

Tomou o banho de água fria, depois foi direto espiar o que Consuelo havia deixado para o jantar.

Nada. Só um bilhete:

Zeca, fui cantá no Beleza.

Apesar de lacônico, o bilhete da mãe alegrou o menino. Era a primeira vez que ela escrevia algo dirigido a ele.

Faminto, Zeca revirou o único armário da casa, mas só encontrou um pedaço de pão adormecido.

Estranhou. Sabia que a mãe tinha feito compras quando o pai recebera o dinheiro. Por que não havia nada na casa?

Consuelo, entre uma canção e outra, comeria no Beleza Pura. O pai, que certamente estava lá com ela, pediria um sanduíche e uma cerveja, como ele gostava de fazer quando tinha dinheiro. E ele? Não tinham pensado nele?

Fazer o quê? Comeu o pão amanhecido e caiu na cama. Corpo moído, o sono chegou mais cedo.

Horas depois, quando os focos de fogo do gás metano já iluminavam as ruelas da favela, foi acordado pela mãe.

– Acorda, Zeca!

– O que foi, mãe?

– Cadê o teu pai?

– Ele não tava com você no *show*?

35

– Disse que ia, mas não foi, o cretino.

Zeca despertou de vez.

– O Vice falou que o pai desceu o morro bem cedo hoje. Quando cheguei aqui e vi que ele não tava, pensei que tivesse ido ver o *show*.

Mãe e filho ficaram sentados na cama sem saber o que pensar.

– Procurei comida, mãe, mas tá tudo vazio. Só achei um pão duro.

Consuelo pareceu não acreditar. Levantou e abriu o armário.

– Como pode?! A gente fez compra outro dia. Será que o Bosu passou por aqui? – disse ela, ironizando. – Teu pai é um cretino mesmo, Zeca! Sai com vagabunda e ainda leva nossa comida.

– O pai nunca faria isso, mãe. Ele só ama você nessa vida.

A cantora foi para o banheiro e berrou lá de dentro para o filho:

– A comida eu arrumo com o cachê que o Beleza Pura vai me pagar. E o Dirlei também vai me pagar. Ah, se vai!

Despreocupada, tirou uma barra de chocolate da bolsa e deu para o filho. Então se esparramou na cama vazia e adormeceu.

Zeca segurou o chocolate, num misto de alegria e tristeza: a mãe se preocupara com a fome dele, mas e o pai, onde estaria? Pegou o livro de Maquiavel. Precisava de alguma palavra dele: "Uma transformação pode sempre ser acompanhada da edificação de outra".

Cinco horas da manhã. Os cachorros transitavam pelas ruelas. Cheiro de café subia pelos vãos dos barracos. O morro amanhecia feliz para mais um dia de trabalho.

De repente, o que era paz virou tumulto.

– Tamo frito, gente fina – berrava o Vice, chegando na favela. – O Bosu arrombou o Beleza Pura e roubou tudo o que tinha lá dentro. Comida, bebida e toda a grana do *show* da Cantora. Grana preta.

Consuelo despertou com aquele "Cantora" nos ouvidos. Abriu a porta do barraco para ouvir mais de perto.

O Vice repetiu para ela.

– Todo mundo adorou seu *show*, Cantora. Tu não merecia essa desgraceira. Tem uma voz que é um veludo. Parece que ainda tô ouvindo... "Menino do Rio"...

– Meu cachêêêêêêê! – foi só o que Consuelo pôde gritar antes de cair desmaiada.

Barracão das Artes Recicladas

Sem marido e mais uma vez sem dinheiro, Consuelo foi obrigada a subir o morro para catar lixo. Nunca tinha feito aquilo. Quando passava, as outras mulheres cochichavam que o Dirlei tinha se cansado de ser saco de pancadas dela. Por isso tinha ido embora.

    Consuelo ia ouvindo e seu sangue, fervendo. Pensou no marido. Onde estaria? Nunca tinha arredado pé de casa sem ela. Será que arrumara outra? Será que as vizinhas estavam certas? A cantora matutava sobre tudo isso enquanto a caçamba de lixo despejava todo tipo de detrito em cima de quem quisesse catar o que era possível reciclar.

    – Vida de cachorro! – resmungou.

    Quando Zeca viu, pela primeira vez, a mãe catando lixo, morreu de pena.

    – O que tá fazendo aqui, mãe? Não nasceu pra isso. Nasceu foi pra brilhar nos palcos.

    Consuelo olhou para ele desanimada. Seu filho era quase um homem. Alto e forte. Teve vontade de deitar no ombro dele e chorar.

    Naquele dia, Zeca não deixou que ela continuasse.

    – Eu cato pelos dois, mãe.

    O fato é que o tempo foi passando e Dirlei não apareceu. Consuelo subia o morro todos os dias, apesar do desgosto do filho. Não tinha como evitar. Precisava ganhar dinheiro.

    Maquelsen tinha pedido sigilo absoluto, mas, para alegrar a mãe, Zeca contou tudo sobre o barracão. Prometeu que, depois que tivesse bastante turista aparecendo, ia pedir ao pai do Elvispresli que deixasse ela cantar lá. Daí ela ganharia cachê e, quem sabe, alguém a descobriria, fazendo dela uma cantora famosa.

Consuelo sonhava. Enquanto catava lixo, pensava na promessa de Zeca.

Por mais que tivessem procurado e pedido até a ajuda da polícia, não tiveram mais notícia de Dirlei.

Com a ausência dele, mãe e filho se aproximaram. Consuelo, aceitando o amor de Zeca, e ele, percebendo as pequenas mudanças dela.

Mas, num fim de tarde de sexta-feira, Maquelsen apareceu. Ia inaugurar o barracão. Demorara mais do que o esperado, pois tinha decidido construir também o galpão anexo, com banheiro, cozinha e tudo, onde os garotos morariam.

Consuelo, que ouvia tudo fingindo que não sabia de nada, espantou-se com a notícia de que os meninos dormiriam no barracão.

Zeca não gostou.

– Tu disse que isso ia acontecer só mais pra frente, Maquelsen.

– Sim, mas pensei melhor, sobrou um dinheirinho e resolvi começar tudo de uma vez. Mas antes disso, na próxima sexta, daqui a uma semana, vai ter a inauguração. Contratei a bateria da Unidos do Ribeirão do Mato pra tocar. Vou distribuir convite lá pra baixo, na praia. Quero o barracão bombando de turistas.

– Tu podia me contratar também, Maquelsen. Pra cantar – pediu Consuelo.

– Eu tenho esse plano, Cantora. Aliás, desculpa por não ter aparecido no teu *show* do Beleza Pura. Tive que fazer outras coisas. Mas, como ia dizendo, tenho plano de te contratar, mas não agora. No dia da inauguração quero é uma grande farra. Teu estilo é pra gente sentar e prestar atenção, né, morena?

Zeca estranhou o modo como Maquelsen chamou a mãe. Só Dirlei a tratava assim.

– Então é o seguinte, Zeca: arruma tuas coisas e no próximo domingo à noite, depois da inauguração, desce o morro pra morar no barracão. Segunda cedo começamos a trabalhar.

– Mas, Maquelsen, justo agora que meu pai sumiu? Não quero deixar minha mãe...

– Tua mãe não é um neném, Zeca. Nem nunca fez questão da tua companhia.

– Tu disse bem, Maquelsen, nunca fiz questão. Mas agora...

– Agora é hora do teu moleque se dar bem, Cantora – interrompeu o pai de Elvispresli.

Consuelo sentiu o coração apertado. Não conseguia entender aquele sentimento novo, que tomava conta dela, pelo filho que tanto renegara.

– Vai, Zeca. Lixo não é trabalho pra ninguém – disse, sem convicção.
– Nem pra você, mãe.
E os dois ficaram em silêncio.
– Então tá falado, Cantora. No próximo domingo, teu menino sai do lixo.

O letreiro com o nome do Barracão das Artes Recicladas piscou a noite toda. A festa foi um sucesso. O morro todo desceu para comer, beber e ouvir a bateria da escola. Muitos turistas e moradores de outros bairros também apareceram.

Maquelsen sambou, feliz da vida. Até Lúcio Perneta requebrou de leve, com a perna de pau que criou especialmente para a data, pintada com tinta fosforescente.

Esquecendo-se de que estava prestes a deixar sua casa, Zeca sambou com Suelen, que, quando fosse mais velha, certamente seria a primeira passista da escola.

Janete e Consuelo também sambaram. Tozoando e Elsvispresli deram *show* de *street dance*. Só Dirlei não apareceu.

A festança acabou no sábado de manhã.

E a hora de descer o morro chegou.

Apesar de acostumado com o peso da bombona de lixo, Zeca levou a trouxa com seus pertences no ombro como se ela estivesse cheia de chumbo. Por que ia tão triste para uma vida mais feliz? Deixar a mãe ali sozinha... Tão bonita como ela era... Ia sentir muita saudade. Se ao menos o pai estivesse junto...

Ao passar na casa de Maquelsen para encontrar os outros, como haviam combinado, viu Suelen e Janete chorando. Zeca teve vontade de fazer o mesmo.

– Chora não, dona Janete, nem tu, Suelen. Não é o Elvispresli que vai virar enfeite de sucata. Tozoando.

Ninguém achou graça, nem o próprio Tozoando, que também estava com pena de deixar sua casa.

Maquelsen apressou o filho, que não desgrudava da mãe e da irmã.

– Mas que grude é esse? No dia da folga, tu vem. Ou tua mãe vai lá.

Os quatro desceram o morro, rumo ao barracão, deixando o aterro sanitário para trás.

Do portão, Janete e Suelen ficaram acenando.

Consuelo, trancada no banheiro, cantarolou, melancólica:

> *Menino vadio*
> *Eu canto pra Deus*
> *proteger-te.*

Alarme ao cair da tarde

Tinha de tudo no Barracão das Artes Recicladas. Comida à vontade, leite, frutas.

Lúcio Perneta mostrava-se um professor maravilhoso. Paciente, ia ensinando, pouco a pouco, a técnica da escultura, que ele dominava como ninguém.

Quando Zeca, Elvispresli e Tozoando tinham saudades de casa, o ex-trapezista lhes dava carinho de pai. À noite, antes de irem para a cama, contava as histórias de quando era jovem, de suas proezas no trapézio. Falava de Nilma, mostrava fotos.

Os meninos tinham prazer em voltar da escola para o barracão. Trabalhavam com afinco. No dia de folga, subiam o morro para ver os pais.

Zeca sempre dava um jeito de ver Suelen também.

Maquelsen quase não aparecia no barracão. Era Lúcio Perneta que cuidava de tudo. Às vezes, os meninos viam o velhote ir para um canto e segredar ao telefone. Será que estava gostando de outra pessoa? Tinha esquecido Nilma de vez? Era um bom homem, merecia ser feliz.

A produção de objetos de sucata foi aumentando dia a dia. Precisavam ter estoque para oferecer aos turistas. Maquelsen tinha dito que, em breve, compraria uma *van* e com ela venderiam os objetos de praia em praia. Iam ganhar dinheiro.

Zeca sonhava com isso. Gostava de lidar com arte. Ia tirar a mãe do lixão e contratar um detetive para procurar o pai.

Nunca mais havia cismado com a verdadeira identidade de Bosu. Até porque ele andava sumido.

Mas, num final de tarde, o alarme da Universo Verde, uma indústria de reciclagem próxima ao barracão, disparou. Não demorou muito, as sirenes dos carros de polícia misturaram-se ao alarme.

O bairro todo foi para a rua. Lúcio Perneta trancou a porta do barracão. Era perigoso deixá-lo aberto. Ele era o responsável pelos meninos, afinal.

Os três garotos, apesar dos apelos, tiveram de esperar até o dia seguinte para saber o que havia acontecido.

Eram, mais ou menos, oito homens. Chegaram na empresa dirigindo uma *van*. Do portão, de forma que o vigia não visse seus rostos, disseram que eram da Luma, e que estavam ali para retirar um material. Como a tal Luma era mesmo cliente da Universo Verde, o vigia abriu o portão, com planos de ligar para o gerente e saber sobre o tal material.

Em segundos, os homens enfiaram máscaras e o renderam. Então, saquearam o depósito da empresa. Encheram a *van* de sucatas das mais variadas. Também roubaram as ferramentas que puderam carregar. Depois, trancaram o vigia no banheiro e foram embora.

Ninguém viu nem ouviu nada. Quando os operários desceram para se trocar e ir para casa, encontraram o homem amordaçado e chamaram a polícia.

Um vizinho do barracão foi quem contou tudo isso aos seus moradores. Lúcio Perneta alçou os sobrolhos.

– Vão pra escola, meninos. Isso não é problema nosso.

No caminho, os três amigos trocaram impressões.

– Garanto que foi o Bosu – disse Elvispresli.

– Foi o Bosu, não, foram oito Bosus. Tozoando.

– O bandido tem um grupo que tá ficando cada vez maior – Elvispresli comentou.

– E se a gente...

– O que, Zeca? – quiseram saber os dois amigos.

– E se a gente saísse um pouco mais cedo da escola e fosse até a Universo Verde?

– Fazer o quê, malandro? – perguntou Tozoando.

– A gente fala que tá fazendo um trabalho sobre reciclagem e vê se consegue entrar. Se der certo, damos uma busca pra ver se a turma do Bosu não deixou nenhuma pista – explicou Zeca.

– Tu acha?! Os caras são muito espertos, não iam dar uma bandeira dessas – disse Tozoando.

Elvispresli achou válida a tentativa. Não podiam mais assistir, impassíveis, aos ataques do bandido.

Resolvido. Davam uma desculpa na escola, saíam mais cedo e iam até a empresa. Na hora de sempre estariam no barracão para almoçar. Lúcio Perneta nem desconfiaria.

Inventaram que precisavam ir até o aterro sanitário naquele dia e que por isso tinham de sair mais cedo.

Zeca e Elvispresli eram bons alunos, portanto não houve problema, e o diretor os liberou.

Tozoando, ao contrário, não ia bem na escola. Mas, como era muito bom de conversa, também foi liberado pelo diretor e eleito pelos amigos para convencer o porteiro da Universo Verde a deixá-los entrar.

O homem os recebeu com boa vontade, mas não podia resolver nada sem falar com o encarregado geral da segurança.

Por sorte, o tal encarregado era conhecido de Maquelsen. Ao ver Elvispresli, logo concordou.

– Podem anotar e fotografar se quiserem. Bom trabalho! – disse o chefe da segurança, retirando-se.

Os três amigos precisavam ser rápidos e discretos.

– Acho bom a gente pegar caderno e caneta, pra fingir que tá anotando alguma coisa – sugeriu Zeca.

– E eu vou me virando aqui com a câmera do celular – disse Elvispresli.

– E eu pego minha superlupa e vou procurando as digitais. Tozoando.

– Cala a boca, Tozoando! – resmungou Zeca.

Como o assalto tinha sido precisamente no depósito e almoxarifado da Universo Verde, foi para lá que os três se encaminharam.

Discretamente, vasculharam todos os cantos dos dois departamentos. Ora fotografando, ora fazendo perguntas aos funcionários, anotavam informações como se estivessem interessados no trabalho da fábrica.

O tempo foi passando e nada de novidades.

Elvispresli olhou as horas e se espantou.

– Tá doido! Vamo embora! Já passa da uma da tarde. O Perneta deve tá preocupado.

Não tinha jeito mesmo. Desanimados, os três agradeceram e já iam saindo, quando Zeca teve vontade de ir ao banheiro.

– Não dá pra mijar no barracão, malandro? – disse Tozoando.

– Tô apertado. É só um minuto.

E era só daquele minuto mesmo que Zeca precisava para finalmente encontrar a pista que tanto queria.

O teatro de bonecos de sucata

Desde que inaugurara o barracão, Maquelsen pensava em montar um teatro de bonecos de sucata. Lúcio Perneta criava esculturas em madeira, fazia bonequinhos. Com certeza não teria dificuldade em criar também bonecos de garrafas PET.
    A princípio, Lúcio achou que seria complicado. Mas a ideia era bem interessante.
    E quando Maquelsen cismava com uma coisa, não sossegava até conseguir. Foi conversando com um, com outro. Tirando ideias de bonecos daqui, dali. Juntando garrafas de refrigerantes, potinhos de remédios, rolos de papel higiênico, arames e mais uma infinidade de coisas que serviriam para a confecção dos bonecos.
    A essa altura, o apelido de Bonequeiro de Sucata já era voz corrente em todo o Morro do Ribeirão do Mato e adjacências.
    Enquanto Maquelsen juntava sucata, Lúcio Perneta e os meninos iam criando os bonecos. Em pouco tempo, já haviam confeccionado o suficiente para montar uma peça com várias personagens.
    Além dos bonecos, outros objetos de sucata continuavam a ser fabricados, para atender às encomendas, que aumentavam dia a dia. Por isso, Maquelsen trouxe mais dois meninos da favela para trabalhar: Moacir e Adão.
    Na primeira noite que dormiram no barracão, estavam muito animados. O velho Lúcio caprichou no jantar. Maquelsen fez companhia.

– Não dá moleza pra eles não, hein, Perneta! É pra trabalhar mesmo. A comida é boa, a cama também. A paga é o trabalho, entenderam? Moacir e Adão concordaram.

– Esses dois nem na escola vão. – ele continuou. – Têm mais tempo pra trabalhar.

– Isso não, Maquelsen! – Lúcio reclamou. – Menino sem escola não quero. Trata de arranjar vaga pra eles!

– Tu fala comigo de um jeito que não gosto, Perneta. Essa vida boa que tu leva quem paga sou eu.

Os cinco meninos baixaram as cabeças, em silêncio. Mas o ex-trapezista não se intimidou. Olhou severamente para Maquelsen e repetiu:

– Menino sem escola não quero.

O pai de Elvispresli levantou da mesa, deu um tapa na cabeça do filho e foi embora.

Naquela noite, Zeca não conseguiu pegar no sono. Revirou-se na cama, levantou para beber água, foi até o espaço onde trabalhavam e constatou o quanto já haviam progredido.

Quando começaram, era só o barracão de trabalho, o quarto, a cozinha e o banheiro. Agora, também tinha um puxado de zinco, do outro lado do quintal, que servia de depósito. O material de sucata já não se aglomerava no barracão.

As prateleiras do pequeno depósito estavam cheias de sucatas que, em breve, seriam transformadas em objetos para venda. Maquelsen fazia questão de manter o depósito sempre trancado e com uma cortina escura tapando a janela. "Nunca se sabe, molecada. Vai que o Bosu resolve botar os olhos no nosso depósito...", dizia.

Os bonecos para a primeira peça estavam prontos, esperando apenas uma boa história para inaugurar o teatro.

Mas era preciso um espaço para isso, com palco e cortinas, cadeiras para a plateia sentar. Ali no barracão não havia como fazer isso.

A ideia que fermentava na cabeça de Zeca, desde o último ataque de Bosu, veio à tona.

Quando estava no banheiro da Universo Verde, percebeu algo caído atrás da pia. Um segredo que ele agora carregava sozinho. Uma pista que, por falta de provas, não podia usar: o chaveiro do Elvis Presley, de Maquelsen.

Por um bom tempo, Zeca esperou que ele procurasse o objeto. Certamente não sabia onde o tinha perdido. Mas Maquelsen não perguntou nada. Dias depois do assalto, apareceu no barracão com outro chaveiro. Elvispresli perguntou do antigo e o pai só respondeu:

– Perdi.

O filho ficou com pena. Maquelsen gostava tanto daquele chaveiro.

– O chaveiro do Elvis não foi nada. Duro foi arrumar outra chave – ele disse, dando o assunto por encerrado.

Comentário estranho aquele, pensou Zeca. Se Maquelsen não tinha cópia da chave de sua casa, era só chamar um chaveiro e fazer. Ele tinha dinheiro, afinal. Por que isso teria sido uma complicação?

Mas aquilo eram águas passadas. O problema atual era o dinheiro de que precisariam para montar o teatro e encenar a primeira peça de bonecos de sucata. Seria Bosu o encarregado de conseguir isso? Será que Maquelsen, além de bonequeiro de sucata, também era o temido bandido?

Há tempos, Zeca não abria *O príncipe*. Mas o livro sempre tinha algo bom para dizer a ele: "Aqueles que somente por fortuna se tornam príncipes, pouco trabalho têm para isso, é claro, mas se mantêm muito penosamente".

PALHAÇO PIPOCA: Vai, Lambão, mostra que um anão pode ser maior que qualquer pessoa.

– Desculpa, Lúcio, mas não achei essa fala legal – comentou Zeca.

Lúcio Perneta estava, há dias, empenhado em escrever o texto da peça, que deveria estrear no final do mês. Maquelsen cobrava isso dele diariamente. Decidira escrever sobre o circo, vida que conhecia tão bem.

– Então dá uma ideia pra esse velho aqui melhorar a história, Zeca – pediu.

O filho da Cantora leu e releu o resumo que Perneta havia feito.

– Quantos anos de escola tu fez, Lúcio?

Perneta franziu a testa e suspirou.

– Mal e mal o suficiente pra ler e escrever.

– Pois escreve muito bem, viu? – elogiou Zeca. – Criou uma história bem legal.

– Me ajuda, então, a transformar ela em peça.

– Bom... Aquela fala do palhaço Pipoca, acho que poderia ficar assim:

PALHAÇO PIPOCA: Tá certo que tu tem braço e perna curta, mas corto minha orelha se tu não souber fazer tudo que os outros fazem.

PALHAÇO LAMBÃO: Tá louco? Tu já é surdo com orelha, calcule sem.

– Entendeu, Lúcio Perneta? Assim tu diz a mesma coisa, mas de um jeito mais engraçado. Jeito de palhaço.

Assim os dias foram passando. Zeca cumpria suas obrigações diárias, depois sentava com Perneta para ajudar a escrever a peça. Ele contava, o menino escrevia.

A vida no circo era dura, mas alegre.

As barracas dos artistas eram armadas uma ao lado da outra.

A que abrigava o mágico também guardava todos os seus apetrechos: a cartola; a caixa onde uma moça era partida ao meio por uma espada; os lenços coloridos.

A que abrigava os palhaços estava sempre rodeada das crianças do circo.

Quando Perneta entrou no assunto de sua família, a emoção tomou conta. Ao longo dos anos, a profissão de trapezista se perpetuara. Ele praticamente nascera no circo. Aos cinco anos, começou saltando. Quando entrava na arena com sua roupa de malha cor da pele, a plateia toda aplaudia. Lúcio agradecia, passava breu nos sapatinhos de borracha e subia na corda bamba. Depois de andar para cá e para lá, terminava o número com um salto duplo.

Aos vinte anos já era o primeiro trapezista do circo. E numa tarde linda e cheia de sol, Nilma entrou na vida dele. Os dois ganharam um trailer para morar.

Zeca se encantou com a peça sobre a vida de Lúcio, cujo clímax era o acidente que lhe roubara a perna, a glória e a mulher amada.

Dono do circo: Cuidado, Lúcio!

(Barulho de estrondo. Grito de dor. Lúcio cai no palco.)

– A peça tá ficando uma beleza, Zeca! – disse Perneta, comovido. – Mas ainda falta tanta coisa!

– Fica frio, Lúcio. O que mais tá me preocupando é onde nós vamos apresentar. O pior é que o Maquelsen tá espalhando que a estreia é no fim do mês.

O velho trapezista tampou a caneta esferográfica que Zeca usava para escrever o roteiro e passou a mão nos cabelos do menino.

– Isso é problema dele – então disse boa-noite e foi dormir.

Seis horas da manhã. Os meninos do barracão acordam com batidas fortes na porta. Uma voz aflita de mulher pede que abram.

Sonolento, Elvispresli vai atender.

– Cantora?!

A grande estreia

Aqui uma sombra, ali outra. Eram os primeiros espectadores que chegavam.
  Zeca, Elvispresli, Tozoando, Moacir e Adão, os mesmos que haviam confeccionado os bonecos, seriam os manipuladores.
  Para evitar que os meninos e os bonecos fossem vistos pelo público antes do espetáculo, Maquelsen havia mandado fazer uma entrada extra no teatro, que ficava em uma espaçosa sala com banheiro alugada, reformada e mobiliada. Cadeiras simples, mas confortáveis, na plateia. Cortinas de chita florida. Como era um teatro de bonecos, o palco tinha uma espécie de mureta de madeira, atrás da qual ficariam os manipuladores.
  Por uma fresta da cortina, Zeca espiou a plateia. Seus olhos percorreram atentamente cada lado do teatro. A um canto da primeira fila, pôde ver Lúcio Perneta, alisando nervosamente sua perna de pau, pintada com as cores do arco-íris. Era para dar sorte, tinha dito.
  A família de Maquelsen também estava ali. Ele viu Suelen, linda como sempre, com suas trancinhas rastafári.
  Zeca decidiu: depois do espetáculo, conversaria com ela. Ia se declarar.
  Maquelsen apitou. Era o primeiro sinal.
  Antes de sair de seu lugar estratégico, Zeca viu Consuelo entrando. Que bonita ela estava! Tão diferente da manhã em que batera, desesperada, na porta do barracão.

Enquanto o povo do Morro do Ribeirão do Mato dormia, Bosu e seu bando haviam saqueado, de novo, o caixa da Acarma.

Zelão madrugara naquela manhã. Era dia de pagamento do pessoal. Ele mal dormira. Haviam vendido muita sucata. Cada um receberia boa soma de dinheiro. Seria dia de festa na favela.

Mas, ao chegar na sede da Associação, viu que a porta estava destrancada. Não havia sinal de ter sido forçada.

Um arrepio de frio percorreu seu corpo. Como um autômato, procurou o cofre, que haviam ganhado da Universo Verde. Vazio. Sem sinal de arrombamento.

Arrasado, Zelão concluiu que Bosu era um deles. Trabalhava com eles. Enganava-os dia a dia. Sabia o segredo do cofre e tinha a chave da porta. Mas quem era ele?

– Bosu é um dos nossos. Vivemos com um traidor – gritou Zelão, saindo à porta da Associação.

O Vice apareceu, atordoado com a gritaria.

– Calma, Zelão! Quem com ferro fere com ferro será ferido – disse o bondoso homem de frases feitas.

– Feridos fomos todos nós, Vice. Fome por mais um tempo é o que nos espera.

Consuelo, como a maioria do povo, assustou-se com a gritaria. Ao saber do ocorrido, sem querer pensou no filho. Desceu o morro feito louca e foi esmurrar a porta do barracão.

Ao ver a mãe naquele estado, Zeca teve muita pena. Abraçou-a, bem apertado, até ela se acalmar.

E sem mais reprimir a vontade, Consuelo deitou a cabeça no ombro do filho.

Lúcio Perneta a convidou para repartir o café da manhã com eles e disse para a cantora não se preocupar; nada faltaria para ela.

Dito e feito. Ali estava Consuelo, feliz, para assistir à estreia.

O apito de Maquelsen cantou o terceiro sinal. A luz se apagou e a voz dele se ouviu:

– Senhoras e senhores, é com enorme prazer que inauguramos o Teatro de Bonecos de Sucata. Esperamos que a peça *O circo*, escrita por Lúcio do Trapézio e Zeca... e Zeca da Cantora, seja do agrado de todos. Bom divertimento!

A plateia silenciou por completo.

O boneco que representava o dono do circo apareceu de trás da cortina. Tozoando era quem o manipulava. Tinha uma voz forte e alta, por isso fora o escolhido.

Saudou os presentes e foi bruscamente interrompido pela entrada dos palhaços em cena: Lambão, manipulado por Moacir, e Pipoca, por Adão.

Atordoado, o dono do circo sumiu atrás da cortina.

Os dois palhaços fizeram mil estripulias, arrancando gostosas gargalhadas da plateia atenta.

A certa altura, o dono do circo voltou, mandando que os dois se retirassem. Os bonecos, desenxabidos, deram adeus e saíram.

Então foi anunciado o mágico, manipulado por Elvispresli. Em seu número, ajudado por um dos espectadores, o boneco até tirou um monte de bugigangas da cartola.

Outras atrações foram apresentadas, intercalando os manipuladores, até o ponto máximo da noite: Nilma e Lúcio, os ases do trapézio.

O coração de Lúcio Perneta acelerou. Era emoção demais.

Zeca era o manipulador do boneco Lúcio, e Elvispresli, o da boneca Nilma.

Dois pequenos trapézios de sucata, amarrados a fios de náilon, desceram do teto da sala.

O primeiro ato terminou.

Os presentes estavam maravilhados. Que perfeição aqueles bonecos de garrafa PET!

Os meninos, felizes da vida, foram beber água, preparando as vozes para o segundo ato.

O Segundo ato

Maquelsen apitou três vezes. Os presentes agitaram-se nos lugares. Tudo escureceu.

O foco da luz, manipulada por um morador da favela, foi direcionado para os dois trapézios, onde os bonecos Nilma e Lúcio tomaram seus lugares.

Os trapézios começaram a balançar. Os bonecos voaram no ar, fazendo piruetas.

As crianças da plateia, hipnotizadas pela beleza do espetáculo, soltavam "Oh!" como se temessem pela segurança de seres humanos.

Ao final do número, os aplausos irromperam, animados.

Os bonecos Nilma e Lúcio agradeceram, desaparecendo por trás da cortina.

Zeca e Elvispresli se abraçaram.

– Tá dando certo, cara! – disse Zeca, emocionado.

– Pra lá de certo, Zeca! Ainda tão aplaudindo!

Ouviu-se novamente a voz de Tozoando, manipulando o dono do circo, que agradecia os aplausos.

Quando tudo no circo parecia só felicidade, um estrondo se ouviu. O responsável pela iluminação misturava tons de vermelho e roxo. O som imitava raios e trovões. A cortina começou a balançar.

DONO DO CIRCO: Atenção! Atenção! Precisamos de todos os homens! Atenção!

As personagens Lúcio do Trapézio, Lambão e Pipoca voltaram à cena, juntando-se ao dono do circo. A sonoplastia fez ruídos estranhos, que pareciam vir do teto. Um corre-corre dos bonecos se misturou aos gritos do dono do circo:

DONO DO CIRCO: Cuidado, Lúcio!

Pendurado a um fio de náilon, um pedaço de isopor pintado de marrom, imitando uma barra de ferro, caiu do teto sobre uma perna do boneco Lúcio. Mas, quando era para o boneco cair, inerte, no chão e sua fala terminar, Zeca, seu manipulador, continuou falando. Disse que a vida era ingrata, que o amor não existia. Que isso, que aquilo.

Admirado com o texto, Zeca parou de ler. Lúcio Perneta havia modificado as falas da personagem, incluindo coisas que nada tinham a ver com aquele momento. Passou os olhos no texto e viu que logo falaria de Bosu. Como era possível aquilo?

A plateia nem teve tempo para reclamar da interrupção, pois nesse momento um grupo de homens mascarados invadiu o teatro.

A peça foi interrompida de vez.

A voz nervosa de Maquelsen pediu silêncio ao público, mas um dos embuçados gritou:

– Se a peça também fala da gente, temos o direito de ver!

– O que tá pegando, Zeca? – perguntou Tozoando.

– Sei lá! Não tô entendendo nada. Quando percebi que o Lúcio tinha modificado o texto, parei de falar. Daí entraram esses caras...

O burburinho inicial da plateia virou gritaria.

Ouviu-se um som de pauladas, vindo do palco. Lúcio Perneta havia levantado e batia com sua perna de pau no alambrado de madeira que segurava o palco.

O silêncio foi tomando conta do ambiente. O ex-trapezista era respeitado pela maioria dos presentes.

Quando o barulho cessou por completo, ele pegou o microfone da mão de Maquelsen e, tranquilamente, explicou:

– Fico feliz de ver que nosso truque para surpreender a plateia deu certo.

Maquelsen, tão perplexo quanto os meninos, olhou para o Perneta, que continuou falando.

– No começo, a intenção da peça era falar sobre a minha vida no circo. Mas, como a figura do misterioso assaltante Bosu foi tomando conta da vida dos habitantes do Ribeirão do Mato, decidi mudar o texto e colocar também a história dele.

Os manipuladores estavam cada vez mais espantados.

E Perneta continuou:

– Esses homens mascarados estão fazendo o papel dos que formam o bando de Bosu. Parabéns! Vocês conseguiram empolgar a plateia! Mostrem seus rostos e recebam os aplausos! – pediu.

Os homens nada fizeram.

– Tirem suas máscaras, amigos, eu estou pedindo – insistiu Lúcio Perneta.

Só Zeca, que observava atentamente Maquelsen, percebeu que ele estava pálido.

Os embuçados, aos poucos, foram mostrando a cara.

De repente, um grito de espanto veio da plateia.

– Dirlei?!

Era Consuelo, que reconhecera o marido em meio ao bando.

Zeca enfiou o rosto pela cortina e viu a mãe e o pai. Felicidade e surpresa misturaram-se dentro dele.

– Tal pai, tal filho. É talento de um pro outro. Tozoando.

– Cala a boca, Tozoando! – pediu Elvispresli.

Zeca ameaçou ir falar com o pai, mas Maquelsen agarrou seu braço.

– Aonde vai, moleque? A peça ainda não acabou.

A plateia, ainda atordoada com os últimos acontecimentos, aplaudiu os homens.

– Agora, vocês podem sentar por aí – disse o Perneta. – Assistam ao final da peça.

Os intrusos se espalharam pela plateia.

Lúcio voltou para o seu lugar e Maquelsen deu o sinal para o reinício.

As falas do trapezista, na voz de Zeca, tomaram um rumo completamente diferente das anteriores. A vida do trapezista tinha dado vez à história de Bosu, seus assaltos mirabolantes e aparições misteriosas.

A peça transformou-se em monólogo.

As suspeitas de que Maquelsen e Bosu eram a mesma pessoa se consolidavam para Zeca cada vez mais. Certamente ele havia exigido que o Perneta falasse também de suas proezas.

Ao final da peça, os meninos manipuladores apareceram à frente da plateia, segurando seus bonecos, para receber os aplausos.

Maquelsen agradeceu a presença de todos e anunciou que a temporada se estenderia por quatro fins de semana. Depois, outra peça entraria em cartaz.

Os intrusos, a convite dele, enfiaram-se atrás da cortina, junto com toda a equipe.

E novamente a mesma voz gritou:

– Dirlei!

54

Segredos

O marido de Consuelo voltou o rosto e encontrou o olhar dela. Teve vontade de sair correndo e abraçá-la.
"Morena, que saudade! Como você tá linda!", queria dizer. Mas limitou-se a virar as costas e sumir atrás da cortina.
Porém, de Zeca ele não escapou.
– Não acha que deve uma explicação pra mim e pra minha mãe, pai?
Dirlei perdeu o chão. Suas pernas bambearam.
Os olhos atentos de Maquelsen pousaram em Dirlei e em seu filho.
– Teu pai é bem grandinho pra ficar na barra da saia da Cantora, não acha, Zeca?
– Meu pai sumiu de casa faz um tempão, Maquelsen. Você sabia onde ele tava e não disse nada. Por quê?
Virando-se para Dirlei, o menino continuou a perguntar:
– Onde se meteu, pai? Quem são esses homens mascarados que entraram? A mãe te chamou, por que não foi falar com ela?
– Chega de tanta pergunta, moleque! – Maquelsen deu um basta. – Não ouviu o que o Perneta disse? O teu pai e os outros fizeram papel de capangas do Bosu.
Lúcio Perneta apareceu, passando a mão na cabeça do garoto.
– Fica tranquilo, Zeca, o Dirlei vai ter bastante tempo pra conversar com você e sua mãe. E ele vai fazer isso, não vai, Dirlei?

O pai de Zeca assentiu com a cabeça.

– Eu vou procurar a tua mãe pra conversar, filho. Se tu puder, me desculpa.

– Os casamentos nem sempre são eternos, Zeca. Teu pai precisou de um tempo sozinho. Quem sabe, mais adiante, ele e tua mãe voltem a viver juntos – disse Lúcio, encerrando o assunto.

Maquelsen trouxe cerveja para os adultos, apesar de o ambiente entre eles parecer tenso.

– A garotada pode ir pro quarto descansar.

Mais calmo, Zeca quis abraçar o pai. Maquelsen se interpôs.

– Mas esse teu filho é muito dengoso, hein, Dirlei. Vai pro quarto, moleque!

Zeca seguiu os outros meninos.

Consuelo não insistira em falar com o marido. Se ele tinha sumido sem dar satisfação, era porque não se interessava mais. Melhor assim. Ele que continuasse tocando a vida em outro lugar.

Assim que Zeca chegou ao quarto comunitário, Tozoando e Elvispresli o rodearam.

– Falou com o teu pai? – perguntou o filho de Maquelsen.

– Falei pouco porque o teu se meteu no meio.

– O Maquelsen parece mulher, é doido por um barraco. Tozoando.

– Todo mundo tem defeitos, cara – disse Elvispresli, chateado. – Meu pai não é diferente. Mas conta, Zeca, o teu pai explicou alguma coisa? Por que sumiu e apareceu assim, sem mais nem menos?

O filho de Dirlei sentou na cama, acabrunhado.

– Não disse nada. Só me pediu desculpa e disse que ainda vai conversar com a minha mãe.

– Por que tu não marca um encontro com ele? – sugeriu Tozoando.

Zeca adorou a ideia.

– Mas como vou fazer isso? O Maquelsen mandou a gente vir dormir. Não posso aparecer de novo lá no teatro.

– Se quiser, escreve um bilhete que eu vou lá e dou pro teu pai – ofereceu-se Elvispresli.

– O Maquelsen vai ficar uma fera, Elvis – disse Zeca.

– Fica não. Eu invento alguma coisa pro meu velho amolecer.

Assim foi. Zeca escreveu o bilhete e Elvispresli levou.

Uns quinze minutos depois, voltou.

– Conseguiu, Elvis?

– Tranquilo. Agradeci ao meu velho pelo espetáculo. Ele ficou todo orgulhoso. Na volta, enfiei teu bilhete no bolso do Dirlei.

Agradecido, Zeca abraçou o amigo.

Cansados, os meninos tomaram banho e ligaram a televisão. Em pouco tempo, pegaram no sono.

Só Zeca ainda buscava explicações. Por mais que tentasse, não conseguia entender o que tinha se passado naquela noite.

Bem que havia estranhado quando Maquelsen chamara Consuelo de "morena". Estava claro agora. Ele convivia com Dirlei, que, certamente, vivia falando de sua "morena". Maquelsen se achou no direito de chamá-la assim também.

– Vigarista! – Zeca resmungou baixinho.

Era informação demais para aguentar sozinho. Precisava conversar com alguém.

Justamente nessa hora, ouviu o toque-toque da perna falsa de Lúcio aproximando-se do quarto.

Zeca pulou da cama e foi ao encontro dele.

Lúcio Perneta estacou.

– Ainda acordado, Zeca?

– Não consigo dormir.

– Quer conversar?

– Sim.

Lúcio abraçou o filho da Cantora e, juntos, entraram no quarto do homem. O ex-trapezista fez o garoto sentar em uma poltrona macia, onde gostava de ver fotos e pensar em Nilma.

– Essa poltrona me acalma. Quem sabe também te acalme. Sobre o que quer conversar?

Zeca pôs para fora tudo o que o afligia: Por que Lúcio havia mudado o texto da peça? Como conhecia detalhes da vida de Bosu? Por que tinha inventado que aqueles homens encapuzados faziam parte da peça?

– Por que acha que eu inventei isso, Zeca?

– Tava na cara, Lúcio. Tu também percebeu o quanto o Maquelsen ficou nervoso quando aquela turma apareceu.

– Você achou que ele ficou nervoso?

– Não só eu, os outros meninos também. Pra não deixar o Maquelsen em apuros, você inventou que eles eram personagens. Foi ou não foi, Lúcio?

O homem fez que sim com a cabeça. Então explicou que tinha ficado tão surpreso quanto todo mundo. Mas conhecia Maquelsen como a palma de sua mão. Só podia ser coisa dele.

E era.

– Depois da peça, o Maquelsen confessou que havia contratado aqueles homens, inclusive Dirlei, para aparecerem encapuzados, como capangas de Bosu, pois sabia que eu tinha mudado o texto.

Lúcio também contou que fizera isso por não achar justo falar só da vida dele. Quis falar da vida na favela, como homenagem. Mas acabou metendo os pés pelas mãos e só conseguiu falar do Bosu. Que Zeca o desculpasse. Na próxima peça, prometia que não ia mudar nem uma vírgula sem falar com o parceiro.

O garoto abraçou o Perneta.

– Tu tem medo do Maquelsen, Perneta?

Lúcio fez um agrado no menino.

– Ele não é má pessoa. Só não gosta de ficar por baixo. Quer sempre ser o mais esperto. Não se preocupe com ele, Zeca. Posso fazer mais alguma coisa por você?

O garoto ia contar sobre o bilhete, o encontro que marcara com seu pai. Mas era informação demais. Lúcio Perneta também estava cansado. Já havia até se recostado na cama.

– Não, Lúcio. Mas é sempre bom conversar com você.

O velhote sorriu.

O filho de Dirlei saiu mais tranquilo do quarto. O Perneta também era um pouco seu pai.

O encontro secreto

No dia e hora marcados no bilhete, Zeca se esgueirou do Barracão das Artes Recicladas. Pegou a chave do depósito, que sabia ficar na cozinha, dentro de um bule.

Elvispresli havia colocado o bilhete no bolso de Dirlei e, se ele pudesse, com certeza viria ao encontro.

Decidido, Zeca saiu da cozinha e seguiu pelo corredor lateral. Atravessou o quintal, onde as roupas lavadas balançavam no varal, ao sabor do vento.

Era o momento mais calmo no Barracão das Artes Recicladas. Em dias de menos trabalho, como aquele, Lúcio Perneta liberava os meninos para fazer as lições de casa e estudar, antes de começarem o trabalho. Ele, por sua vez, aproveitava para verificar e atualizar o livro-caixa, que, uma vez por semana, mostrava a Maquelsen.

No bilhete ao pai, Zeca dissera que chegaria antes e deixaria a porta do depósito aberta. Não sabia como Dirlei faria para entrar no espaço do Barracão das Artes Recicladas. Teria de dar um jeito.

Consuelo, só Deus sabia o que andava fazendo.

Nas últimas vezes que Zeca subira o morro, não a encontrara. O barraco estava com cadeado. Indagou aos vizinhos, mas só conseguiu saber que a Cantora continuava, assiduamente, subindo para o aterro.

Aborrecido por não ver a mãe, Zeca fora consolar seu coração na casa de Elvispresli, onde a feliz Suelen sempre o esperava. Com a confusão dos encapuzados invadindo a peça, nem pudera falar com ela.

– A Cantora sai toda noite, Zeca. Volta lá pelas tantas. O povo fica só na fofoca. Mas tua mãe nunca falta no aterro. No máximo às sete horas, ela chega, carregando a bombona – tinha contado Suelen.

Zeca ficara intrigado com aquilo. Onde será que a mãe se metia todas as noites? E nos domingos, quando ele encontrava o barraco trancado? Custava esperar por ele, que tinha tanta saudade?

A mão de Zeca tremeu ao enfiar a chave do depósito na fechadura. Não devia mais pensar na mãe. Pelo menos, não naquele momento. Precisava entrar logo, antes que alguém o visse.

Como sempre, o depósito estava todo escuro.

Zeca não podia acender a luz, é claro. Só o Perneta e o Maquelsen entravam ali. Se o descobrissem, era castigo na certa. Mas tinha levado sua lanterninha de bolso. Quando ouvisse os passos do pai, acenderia.

Sentou numa pilha de caixas e esperou.

Pelas contas do garoto, havia se passado uma meia hora. E nada de Dirlei. Zeca começou a ficar impaciente. O que teria acontecido? Será que o pai não vinha? Se não viesse, era porque algo muito grave ocorrera. Ou ele teria mesmo mudado da água para o vinho?

Para se distrair, levantou e caminhou pelo depósito. Como era grande agora! Maquelsen havia comprado o terreno ao lado e aumentado o espaço. Tinha material reciclável em abundância, que daria para fazer inúmeros bonecos e encenar muitas peças. Potes de sorvete para fazer lustres, caixotes para fazer estantes e mais uma infinidade de coisas.

O tempo passava e a esperança de que Dirlei aparecesse se esvaía. Desanimado, Zeca sentou-se novamente, apoiando o cotovelo sobre uma mesa, onde um monte de revistas e cadernos velhos estavam espalhados. Curioso, foi tentando enxergar. De repente, um dos cadernos chamou sua atenção: parecia ter a foto do Elvis Presley na capa.

Acendeu a lanterninha e constatou: era mesmo a foto do roqueiro. Abriu o caderno. Para seu espanto, ali estavam registrados todos os acontecimentos que Bosu e seu grupo haviam desencadeado. Cada folha dividia-se em três partes: na primeira, constavam as datas; no meio, o local dos assaltos e na terceira parte, o produto dos roubos.

Um suor frio tomou conta de Zeca. Será que ele estava certo desde o início?

Continuando a folhear o caderno, deparou com páginas e mais páginas já preparadas para os próximos ataques. Na última, várias assinaturas repetidas, como se alguém estivesse testando uma caneta: Bonequeiro de Sucata, Bonequeiro de Sucata, BOnequeiro de SUcata.

O coração de Zeca bateu feito bumbo. Se tinha alguma dúvida de que

60

Maquelsen era o temido Bosu, naquele momento ela se dissipara. Estava escrito claramente: BOnequeiro de SUcata. Era como chamavam o pai de Elvispresli desde que tivera a ideia de montar o Barracão das Artes Recicladas. E, para completar, Zeca acabara de desvendar o enigma do nome do assaltante. Bosu queria dizer BOnequeiro de SUcata. BO SU. Como não desconfiara antes?

A ausência do pai no encontro daquela tarde ficou em segundo plano. O pensamento do menino matutava no que fazer com aquela descoberta terrível.

Não podia contar para Elvispresli ou Tozoando. Um era o filho do bandido. O outro, muito afoito, ia pôr a boca no mundo e acabar se dando mal. Mas precisava de alguém para ajudá-lo a cercar o bandido.

Zeca lembrou-se de um dos pensamentos de Maquiavel, que havia lido em *O príncipe*: "Os homens ofendem ou por medo ou por ódio".

Bosu não era homem de ter medo de nada. Devia, então, ter ódio, concluiu o menino. Mas o Bosu era o Maquelsen. De quem será que o pai do Elvispreli tinha ódio?

Apagando a lanterninha, encaminhou-se para a saída do depósito. Já sabia quem poderia ajudá-lo.

O BOMEQUEIRO de SUCATA

Lúcio Perneta, com o livro-caixa aberto na mesinha de seu quarto, revia as entradas e saídas de material e dinheiro. Batidas na porta o fizeram despertar.
– Entre!
– Oi, Lúcio, podemos conversar? – pediu Zeca, abrindo uma fresta da porta.
O homem balançou a perna de pau, em sinal de "aproxime-se".
O menino entrou e fechou a porta. Sem convite do outro, puxou um banquinho e sentou-se ao seu lado.
– Eu já tava indo juntar vocês pro trabalho. Mas parece que a coisa que quer me dizer é séria, hein, Zeca? – brincou o Perneta.
– É pra lá de séria, Lúcio. É caso de vida ou morte.
O homem até se ajeitou na cadeira, de tanto espanto. Percebeu a ansiedade do menino.
– Diga, Zeca!
– Eu descobri quem é o Bosu.
Lúcio Perneta bateu a perna de pau no chão.
– Mas isso é coisa de vida ou morte mesmo! Conta! Conta logo! Como foi isso?
E Zeca levou um tempo enorme discorrendo sobre os detalhes de suas suspeitas. O churrasco farto na casa do Maquelsen, quando a favela toda passava fome. A construção tão rápida do barracão. A forma confortável como ele, os

outros meninos e o próprio Lúcio viviam ali. O chaveiro do Elvis encontrado na empresa assaltada. O surgimento do bando de Bosu no teatro de bonecos. Ao chegar na parte do caderno descoberto no depósito, Zeca titubeou.

– O que mais descobriu?

– Um caderno. Com a cara do Elvis Presley, no depósito.

E, antes que o outro perguntasse o que ele tinha ido fazer no depósito, Zeca explicou sobre o bilhete e o encontro frustrado com o pai.

– Eu abri o caderno e vi a relação de todos os assaltos que o Bosu já fez e tudo o que roubou. Em outras folhas, tinha uma lista planejada dos próximos assaltos. Pensei que o caderno só podia ser do Maquelsen. Todo mundo sabe que ele é doido pelo Elvis. E era mesmo do Maquelsen.

– Como sabe?

– Tava escrito o apelido dele, na última página, um monte de vezes: Bonequeiro de Sucata. Bonequeiro começa com BO e Sucata começa com SU. Juntando os dois, temos o nome do bandido.

O ex-trapezista ouviu calado, sem qualquer mudança de expressão. E quando Zeca, ofegante, terminou e lhe pediu ajuda para desmascarar o bandido, Lúcio quebrou o silêncio.

– Você sabe, meu filho, que tá levantando uma acusação muito grave contra o Maquelsen, né?

– Sei, Lúcio. E vim te contar, pois é a única pessoa em quem confio pra isso. Se quiser, vou pegar o caderno.

O homem passou a mão na cabeça do menino.

– Não precisa. Se tá dizendo que viu, eu acredito. E o Maquelsen só vem aqui amanhã. Ninguém vai mexer no depósito.

Mas o semblante de Lúcio se anuviou.

– O que tá me pedindo não é fácil, Zeca. Tu conhece o gênio do Maquelsen. Ele não é burro. E, se for mesmo o Bosu, é mais perigoso do que todo mundo imagina.

– Mas em você ele confia, Perneta. Pra você, não vai ser difícil fazer o Maquelsen cair numa armadilha.

– Isso é verdade... Então vou pensar num jeito de enrolar ele. Mas se não fizermos tudo direitinho, será a palavra do chefão contra a nossa. Entende, Zeca?

O menino concordou. Fizera bem em se abrir com Lúcio. Ele era um homem ponderado. Zeca tinha certeza de que estavam a um passo de ver Bosu na cadeia.

Na manhã seguinte, como de costume, às sete horas, Lúcio Perneta chamou os meninos para o café. Bem-humorado, apressou-os.

– Enchendo a pança e saindo pra escola, hein? Lugar de menino é na escola.

Antes de sair, Zeca olhou nos olhos dele. Lúcio deu uma piscadela.

– Boa aula, meninos!

Consuelo soubera que o filho andava chateado com ela. Suelen até havia lhe virado a cara. A menina gostava mesmo de Zeca, a Cantora concluíra. No dia da estreia da peça, o filho tinha acenado para ela, por entre as cortinas. Sua intenção era ir falar com ele ao término do espetáculo, mas, com aquela confusão toda, não tinha conseguido.

Estava com a bombona quase cheia naquela manhã. O serviço rendera. Poderia descer o morro, depois do almoço, e ir conversar com Zeca.

Era o que faria.

Dirlei olhava a todo o momento para o relógio. A manhã parecia se arrastar. Logo após o almoço, iria encontrar o filho para explicar tudo o que acontecera e por que havia sumido. Não queria se atrasar.

Isso era o que Dirlei pensava. Na verdade, ele já estava atrasado um dia inteiro. Lera o bilhete e jogara fora, para não correr risco de alguém descobrir. Guardara de memória a hora certa, mas a data errada.

Ignorando esse detalhe, o pai de Zeca estava determinado a se esgueirar da casa onde vivia e chegar ao depósito, impreterivelmente à hora marcada.

Zeca voltou da escola com uma resolução tomada. Daria um jeito de entrar novamente no depósito e pegar o caderno. Era a prova mais contundente que tinham. Maquelsen devia tê-lo esquecido lá, mas certamente já dera pela falta. E Zeca não podia arriscar perdê-lo.

Os meninos almoçaram sozinhos. Lúcio Perneta deixara um bilhete, pedindo que se servissem. Ele voltaria logo.

Com certeza tinha ido tomar alguma providência em relação a Bosu, concluiu Zeca.

Enquanto o filho da Cantora tentava esconder o nervosismo, Tozoando, como sempre, contava um caso trágico para Moacir e Adão, que acreditaram piamente, até ele completar com o famoso "tozoando".

Elvispresli devorou o prato em segundos. Queria pegar logo no trabalho, para sobrar tempo de estudar mais para as provas.

Zeca esperou todos sairem da cozinha para então pegar a chave do depósito. Para sua surpresa, não a encontrou no bule. O que fazer? Sem a chave, não podia entrar. Mas estava decidido. Mesmo tendo certeza de que trancara o depósito no dia anterior, resolveu tentar, por via das dúvidas. Seguiu pelo corredor lateral e atravessou o quintal até o depósito.

Ao virar a maçaneta, a porta se abriu. Zeca titubeou. Alguém abrira o depósito. O garoto não sabia se ia ou retornava.

Mas, como estava tudo escuro e silencioso, entrou, fechou a porta atrás de si e seguiu para o local onde tinha encontrado o caderno. Mas ele não estava mais lá.

Zeca supôs que o Perneta devia ter ido pegá-lo. Sossegou. Se estava com ele, tudo bem.

Um ruído repentino assustou o garoto. Ao se virar, deu de cara com Lúcio Perneta.

– Ah, que susto! Pensei que fosse o Maquelsen – Zeca disse, limpando o suor da testa. – Foi você que pegou o caderno, Lúcio?

O ex-trapezista olhou para o pupilo de um jeito diferente.

– Tu é um bom menino, Zeca. Bom amigo, bom filho, bom aluno. Eu imaginava um futuro brilhante pra você. Mas foi se meter com quem não devia. Fuçar onde não devia.

O coração do garoto disparou.

– O que tá falando, Lúcio? Me prometeu que ia conversar com o Maquelsen. Dar um jeito de ele se entregar.

Mas os ouvidos do homem não captavam mais o que ele dizia.

– Eu te conheço, Zeca. Sabia que voltaria aqui pra pegar o caderno. Fiquei te esperando. Tu quer pegar o Bosu, não quer? Pois ele tá aqui. Na tua frente. Em carne e osso.

O garoto não podia crer no que ouvia.

– Nã... Não é possível tu ser o terrível Bosu! Só pode ser brincadeira, né Perneta? Tá zoando, que nem diz o meu amigo?

O homem não se abalou. Frio como nunca fora com os pupilos, continuou contando:

– Ah, meu menino, tu, como todo mundo, só vê o que eu pareço, mas não sabe do que sou capaz. Não preciso de força nem de duas pernas pra ser o Bosu. O verdadeiro Bonequeiro de Sucata sou eu, que manipulo o Maquelsen e meu bando. Eu é que crio as situações. Eu planejo os assaltos. Eu decido como o dinheiro será usado. Eu. Só eu.

Os olhos de Zeca estavam vidrados no homem. Não queria mais ouvir aquilo. Mas nada fazia o Perneta parar.

– O dinheiro que já tenho logo me trará a Nilma de volta. Ela fez pouco de mim, foi embora com outro. Mas vai voltar quando souber que estou rico. Vai ter orgulho de mim, que não posso mais voar no trapézio, mas tenho dinheiro pra levar ela de avião pra qualquer lugar.

Naquele momento, o garoto entendeu o último pensamento de Maquiavel que lera. Não era o Maquelsen que tinha ódio, mas o Perneta. Ódio por tudo o que perdera: a perna, a fama e Nilma.

Zeca sabia que sua vida estava por um fio. Lúcio Perneta não o deixaria sair de lá.

Naquele dia, Tozoando era o encarregado de levar o lixo da cozinha para o latão do quintal. Quando passava perto da janela do depósito, pensou ter ouvido a voz de Zeca.

Colocando o saco de lixo no chão, aproximou o ouvido da janela. As vozes vinham bem abafadas, mas ele ainda pôde ouvir Zeca pedindo por sua vida.

Conforme os diálogos seguiam, Tozoando reconheceu a voz do Perneta. Não era possível! Zeca e o Perneta eram tão amigos! Escreveram a peça juntos. Será que estavam ensaiando outra? Então lembrou que Lúcio havia modificado o texto, falado de Bosu. Seus pensamentos se embaralharam. Mas não havia dúvida. Agora, ele podia ouvir com clareza Zeca pedindo que o outro não o matasse.

– Você sabe demais, Zeca. Não posso perdoar – ouviu Lúcio dizer.

Desesperado, saiu correndo ao encontro dos amigos.

– Acode, gente! Acode! – gritou, assustando a todos.

– Que bicho te mordeu, cara? – perguntou Elvispresli.

– Lá... Lá no depósito... O Perneta vai matar o Zeca.

Moacir e Adão olharam para Elvispresli, que comentou:

– Esqueceu do "tozoando"?

O menino percebeu que tinha sido pego pela própria troça.

– Não tozoando, não. Acredita! O Perneta vai matar o Zeca.

Mas nenhum deles deu mais atenção.

Enquanto Tozoando se desesperava, Dirlei chegava para encontrar o filho. Vinha feliz. Ia lavar sua alma.

Chegando ao depósito, abriu a porta. Estava mesmo destrancada. Só estranhou ouvir uma voz que não era de Zeca. O filho tinha dito que o encontro era só dos dois...

Pelo sim, pelo não, foi entrando devagar.

Desnorteado, Tozoando correu para a rua. Precisava encontrar alguém que acreditasse nele. No portão, deparou com Consuelo.

– Cantora, Cantora, graças a Deus! – disse, já puxando a mãe de Zeca para dentro.

– O que te deu, moleque? Tazoando?

O menino implorou:

– Acredita em mim, Cantora, pelo amor que tem pelo teu filho. Acuda que o Perneta vai matar ele.

O coração de mãe de Consuelo pulsou forte pela primeira vez. Acreditou no menino. Ele estava translúcido de pavor. Não podia estar zoando.

– Eu acredito. Me leva aonde o Zeca tá!

Tozoando, agarrado ao braço dela, ziguezagueou quintal afora, desviando-se das roupas no varal e do saco de lixo que largara no chão.

Dirlei só apressou o passo quando reconheceu Lúcio Perneta e viu que ele segurava um revólver.

– Desculpa, Zeca – Dirlei ouviu o Perneta dizer. – Não queria que tu acabasse assim, tão jovem. Mas não tem outro jeito.

Então encostou o revólver com surdina na testa do menino.

– Nãããããããããão! Meu filho não!

O grito de Consuelo ecoou pelo depósito.

Lúcio Perneta, assustado, virou-se, apontando a arma para ela.

– Sinto muito, Cantora.

E, após estampido abafado, a bala seguiu seu destino.

Mas, como se os olhos do ex-trapezista lhe pregassem uma peça, foi Dirlei quem ele viu caído ao chão.

O pai de Zeca, ao ver sua morena na mira da arma, postara-se à frente dela.

Lúcio Perneta nunca havia matado alguém. Sempre fora homem de paz, pacato, que gostava de ver criança na escola. Ali, diante do corpo caído de Dirlei e constatando o terror estampado nos olhos da Cantora e dos seus pupilos, que chegavam um a um, percebeu o tortuoso caminho que havia escolhido para tentar recuperar o amor de Nilma. Era muito sujo. Não tinha valido a pena.

Lentamente, dirigiu a arma para a própria testa.

– Não, Perneta! – Zeca gritou, erguendo a mão em direção a ele, para desespero da mãe.

Mas o som rouco do segundo estampido foi mais rápido. Lúcio Perneta caiu no chão do depósito, agarrado à perna de pau entalhada com o nome BOSU.

Era o fim do mais temido assaltante da região do Ribeirão do Mato.

Novos dias

Após a morte de Bosu, a favela e o aterro do Ribeirão do Mato viveram dias muito tranquilos.
　Zelão mandou trocar a chave da porta e o segredo do cofre da Acarma.
　O Vice, feliz da vida, voltou a chamar o povo, com seu megafone, nos dias de pagamento, na certeza de que o dinheiro estaria seguro.
　Do bando de Bosu, todos foram presos. Só Dirlei que não. Ele ainda estava no hospital, recuperando-se do tiro que quase lhe tirara a vida.
　O filho e a morena tiveram permissão para visitá-lo.
　Nesse dia, Dirlei disse tudo o que calara até então. Contou para Consuelo que só tinha se juntado ao bando de Bosu para ganhar dinheiro mais depressa. Queria dar uma vida melhor a ela, investir em sua carreira de cantora. Só levara toda a comida da casa no dia em que fora embora, por exigência do Maquelsen. Não era pai de pançudo, Maquelsen tinha dito. Depois que começasse a trabalhar para ele, Dirlei teria comida de graça. Haviam aparecido no teatro para ver se o Perneta ia ter coragem de falar das suas próprias falcatruas, mas ele os desarmara com aquela história de serem personagens. Depois, os ameaçara de morte, caso desertassem do bando. Por fim, Dirlei pediu o perdão da mulher e do filho.
　A morena se comoveu e perdoou. Disse que também não tinha sido flor que se cheirasse, mas que nunca o havia traído. Se saía todas as noites e domingos à tarde depois do sumiço do marido, era para cantar em um quiosque da praia. O que ganhava, depositava em uma poupança para os

estudos de Zeca. Queria que Dirlei pagasse por seus erros, saísse da cadeia e depois voltasse para casa. Fosse lá quando fosse.

Maquelsen foi o que recebeu a maior pena. Afinal, era o executor-mor das mirabolantes ideias de Lúcio Perneta.

Elvispresli, Suelen e Janete ficaram sem eira nem beira. As tais casas de aluguel que Maquelsen tinha eram todas fruto de roubos. A polícia as confiscou, bem como o Barracão das Artes Recicladas, com depósito, teatro e tudo. Só a casa onde moravam ficou para eles.

Mas o povo do Ribeirão do Mato os acolheu, como havia feito com o Perneta, há muitos anos. Um dava comida; outro, roupa, sapato. Janete subiu o morro para catar lixo também...

Até o dia em que Zelão teve uma ideia brilhante: por que não juntar seus livros com os de Elvispresli e os de Zeca e inaugurar a Biblioteca do Ribeirão do Mato? A garotada da favela poderia retirar os livros para ler e fazer as pesquisas para a escola. Aos poucos, juntariam mais e mais livros.

O filho de Maquelsen, que sempre sonhara com aquilo, seria o responsável.

Também poderiam refazer o Barracão das Artes Recicladas e o Teatro de Bonecos de Sucata. Se cada um desse um pouco, aumentariam a sede da Acarma e começariam tudo de novo.

Seria dentro da favela? Sim. Mas não existia o *Jungle Tour*, aquela excursão que levava turistas para conhecer as favelas? Pois agora, além de ver os barracos, eles poderiam assistir a peças de teatro e comprar *souvenirs* de material reciclado.

Janete orientaria a turma de artesãos mirins.

Com o tempo, criança nenhuma cataria lixo no Ribeirão do Mato.

Zeca escreveria as peças para o teatro. Consuelo, entre um ato e outro, soltaria sua voz de veludo.

Por que não? Viviam tão felizes agora!

Ele havia encontrado o amor da mãe. E ela, o seu menino do Rio.

Sobre a autora

Raoni Carneiro

Meus passatempos prediletos são ler, ir ao cinema, brincar com meus netos e assistir a documentários na televisão.

Uma tarde, assistindo a um documentário, deparei com um grupo de pessoas que eu sabia existir, mas que não imaginava como vivia: os catadores de lixo. Fiquei chocada com a miséria. "Mas não vivemos a era da reciclagem?", me perguntei.

Aí foi que minha veia de escritora subiu à tona e minha paixão pela pesquisa atacou de novo.

Procurando informações, soube da existência do Barracão das Artes, que funciona embaixo de um viaduto, no bairro da Gávea, no Rio de Janeiro. Decidida, preparei um lanche, tomei o ônibus e rumei para lá.

Ao chegar, fui logo mostrando para a recepcionista minha carteirinha da Associação de Escritores e Ilustradores (AEI-LIJ), à qual pertenço. Também entreguei meu currículo.

"Puxa! Você tem todos esses livros publicados?", a moça se impressionou. "Ganhou o prêmio Altamente Recomendável, foi finalista do prêmio Jabuti... Também escreveu para televisão e teatro infantil. Faz palestras para alunos e professores, foi autora convidada da Flipinha de 2012... Muito bem. Mas no que posso ajudar você?"

Saboreando um cafezinho, expliquei que queria escrever uma história cujo cenário fosse um lixão e suas personagens: os catadores, habitantes de uma favela contígua.

A moça ficou pensativa. Disse que o barracão tinha professores que ensinavam a comunidade de uma favela a fazer arte com os materiais que catavam no lixo. Mas o curso não era aberto ao público.

Eu insisti. Esbocei para ela o conteúdo da história que queria escrever, só não disse que a Saraiva publicaria, pois não sabia ainda se os editores iam gostar da ideia.

Enquanto eu tentava convencer a recepcionista, um grupo de alunos da comunidade chegava para a aula do dia. Ela aproveitou e fez a pergunta: "Olhem, esta senhora é escritora. Está buscando material para escrever um livro sobre vocês. Para isso, precisa conhecê-los melhor. Que tal se ela também fizesse o curso?".

Para a minha surpresa, a turma toda me rodeou e me levou para o salão onde as aulas eram ministradas. Ali, encontrei gente maravilhosa e aprendi coisas inusitadas. Por isso ofereci o livro aos meus amigos cariocas. Todos eles: escritores, professores e catadores que me brindaram com amizade, carinho e o material para escrever o livro que você leu, este *O bonequeiro de sucata*.

Se você quiser saber mais sobre o meu trabalho ou mesmo conversar comigo, visite o meu *site*: <www.segredodaspedras.com> ou o meu *blog*: <www.eliana-martins.blogspot.com.br>.

Sobre a ilustradora

ARQUIVO DA ILUSTRADORA

Catarina Bessell é formada em Arquitetura e Urbanismo pela FAU-USP. No decorrer do curso, no entanto, percebeu que seu interesse estava muito mais em desenhar nas paredes do que de fato em projetá-las. Desde então, a artista já produziu ilustrações para publicações brasileiras e estrangeiras e colabora semanalmente para a *Folha de S.Paulo*. Trabalha no centro de São Paulo e é frequentadora assídua de sebos, sempre em busca de imagens perdidas – algumas delas consideradas lixo – para recortar e incorporar ao seu trabalho.

Eliana Martins

■ Bate-papo inicial

Catar lixo reciclado todo dia não é uma tarefa fácil, principalmente para um adolescente. Mas isso não impede Zeca de ir à escola, ter amigos e sonhar como qualquer outro garoto de sua idade. Junto com Elvispresli e Tozoando, recolhe materiais recicláveis para ajudar a família e descobre que é possível fazer arte a partir do lixo. Já com Suelen descobre o primeiro amor. Mas nem tudo é alegria. Um bandido misterioso assombra a comunidade. Quem será?

■ Analisando o texto

1. Assinale **V** para verdadeiro e **F** para falso.
( ) Consuelo, a mãe de Zeca, trata mal o filho. Grita com ele, chama-o de inútil. Zeca não entende muito bem por que ela age assim.
( ) O pai de Zeca o trata muito mal.
( ) Tozoando tem esse apelido porque sempre diz essa expressão.
( ) Zeca não vai à escola porque trabalha o dia todo no aterro sanitário.

2. A relação de Zeca com a mãe se modifica ao longo da história.
a) Aponte trechos que demonstram essa mudança.

R.: _____

_____

_____

_____

_____

_____

b) Por que a atitude de Consuelo mudou?

R.: _____

_____

_____

_____

3. Os garotos decidem investigar os roubos de Bosu e por isso vão até a usina de reciclagem Universo Verde em busca de pistas para solucionar o caso.
a) O que Zeca encontrou atrás da pia do banheiro da usina?

R.: _____

b) Qual o significado desse objeto na narrativa?

R.: _____

_____

_____

4. Assinale a alternativa que **não** se refere a Lúcio Perneta.
( ) "sempre fora de estatura pequena. Mas quando era trapezista, tinha músculos fortes. Um atleta." (p. 22)
( ) "possuía uns barracos que alugava. Devia ser por isso que não faltava dinheiro nem comida." (p. 19)
( ) "requebrou de leve, com a perna de pau que criou especialmente para a data, pintada com tinta fosforescente." (p. 39)
( ) "mostrava-se um professor maravilhoso. Paciente, ia ensinando, pouco a pouco, a técnica da escultura, que ele dominava como ninguém." (p. 40)

5. Em determinado momento da história, Dirlei some da vida de Consuelo e de Zeca. Por que ele fez isso?

R.: _____

_____

_____

_____

6. Releia esta fala de Lúcio Perneta.

– Ah, meu menino, tu, como todo mundo, só vê o que eu pareço, mas não sabe do que sou capaz. Não preciso de força nem de duas pernas pra ser o Bosu. O verdadeiro Bonequeiro de Sucata sou eu, que manipulo o Maquelsen e meu bando. Eu é que crio as situações. Eu planejo os assaltos. Eu decido como o dinheiro será usado. Eu. Só eu. (p. 65)

a) O que Lúcio Perneta quis dizer com "tu, como todo mundo, só vê o que eu pareço, mas não sabe do que sou capaz"?

R.: _____

_____

_____

b) Analise o emprego dos verbos "manipular" e "criar" nesse contexto e no enredo de toda a obra.

R.: _____

_____

_____

_____

_____

_____

7. A conhecida frase "Os fins justificam os meios" é atribuída a Maquiavel, autor de *O príncipe*, que Zeca gosta de ler, mas, segundo historiadores, nunca foi dita por Maquiavel.
a) Qual o significado dessa frase?

R.: _____

_____

_____

_____

_____

_____

• 3 •

17. Em Cateura, no Paraguai, uma comunidade que vive à beira de um lixão formou uma orquestra conhecida como Los Reciclados. A iniciativa transformou a vida de muitos jovens, que constroem instrumentos com materiais recolhidos do lixo: garfos, latas de óleo, cabos de vassoura etc. Com o auxílio dos professores de Inglês e Espanhol, visitem a página da Landfill Harmonic e assistam ao vídeo de apresentação (disponível em: <http://vimeo.com/52129103>, acesso em: 27 jun. 2013). Com a ajuda do professor de Geografia, localizem Cateura no mapa e pesquisem mais sobre essa localidade: população, renda, meios de subsistência etc. Em seguida, pesquisem iniciativas semelhantes no Brasil: o que as escolas têm feito com material reciclado? Por último, com a ajuda do professor de Artes e as informações coletadas, montem um *blog* ou complementem a exposição proposta na questão anterior.

Para qualquer comunicação sobre a obra, entre em contato:

SARAIVA Educação S.A.
Avenida das Nações Unidas, 7.221 – Pinheiros
CEP 05425-902 – São Paulo – SP
www.editorasaraiva.com.br

Tel.: (0xx11) 4003-3061
atendimento@aticascipione.com.br

Escola: _____

Nome: _____

Ano: _____ Número: _____

■ Redigindo

14. Zeca e Lúcio Perneta escrevem uma peça de teatro para ser encenada pelos bonecos de sucata criados pelos meninos. O texto teatral difere do texto narrativo, pois é composto apenas de falas das personagens, não há a voz do narrador. Releia o trecho:

Palhaço Pipoca: Tá certo que tu tem braço e perna curta, mas corto minha orelha se tu não souber fazer tudo que os outros fazem.
Palhaço Lambão: Tá louco? Tu já é surdo com orelha, calcule sem. (p. 47)

O nome da personagem vem em destaque e, em seguida, a fala. As indicações de ações, expressões faciais e corporais dos personagens, de música ou figurino aparecem entre parênteses ou em itálico. Essas marcações são chamadas de **rubricas**. Escolha um dos capítulos do livro e reescreva-o em forma de texto teatral.

15. Imagine que você é um repórter. Escreva uma notícia de jornal sobre o caso Bosu. Não se esqueça de mencionar os assaltos, incluindo datas, locais e opiniões de moradores da comunidade.

■ Trabalho interdisciplinar

16. O documentário *Lixo extraordinário* (Brasil. Dir. Lucy Walker, 2010. 92 min. Livre.) mostra um projeto do artista Vik Muniz no maior aterro sanitário do mundo, Gramacho, no Rio de Janeiro. Assistam ao filme e organizem com o professor de Artes uma oficina de obras de arte usando materiais reciclados. Vocês podem fazer como Zeca e os amigos: criar bonecos utilizando sucata, e os bonecos da capa de *O Bonequeiro de Sucata* podem servir como modelo. Também podem seguir os passos da ilustradora Catarina Bessell, que ora utilizou recortes de revista e jornal (como nos lustres que abrem cada capítulo), ora reproduziu objetos montados com latas, caixa de fósforo, embalagens etc. Depois de produzidas as artes, organizem uma exposição na escola.

_____

_____

_____

_____

_____

b) Que personagem vivia de acordo com essa frase? Justifique.

R.: _____

_____

_____

_____

_____

8. Zeca relaciona trechos de Maquiavel a algumas pessoas que conhece ou a algumas situações que vivencia no morro. Observe o seguinte trecho:

Uma transformação pode sempre ser acompanhada da edificação de outra. (p. 36)

a) Explique a relação dessa citação com a vida de Lúcio Perneta.

R.: _____

_____

_____

_____

b) E com o relacionamento entre Consuelo e Zeca.

R.: _____

_____

_____

_____

Linguagem

9. Elvispresli tem um nome muito diferente.

a) Explique a razão de a personagem ter recebido esse nome.

R.: _____

_____

_____

b) Na sua opinião, por que a autora escolheu essa grafia para o nome da personagem?

R.: _____

_____

_____

_____

_____

_____

_____

10. O pronome "tu" é usado apenas em algumas regiões do Brasil e nem sempre o verbo que o acompanha é conjugado de acordo com a norma-padrão.

a) Nas frases abaixo, extraídas da página 11, circule a forma verbal correta de acordo com essa norma.

I. "– Não sei o que tu tens/tem contra o Maquelsen, Dirlei."
II. "– Tu não achas/acha nada, fedelho!"

b) Em sua opinião, por que a autora preferiu a construção que diverge da norma-padrão?

_____

_____

_____

_____

Refletindo

11. O vice-presidente da Acarma, em um de seus anúncios à comunidade, diz: "Não adianta subir os degraus da fama com a vida coberta de lama" (p. 16). Você concorda? Por quê?

12. Dividam-se em três grandes grupos. Cada grupo deve refletir sobre uma das citações abaixo, extraídas da obra de Maquiavel, e debater entre seus integrantes as diversas opiniões que surgirem a respeito da citação escolhida. Um dos integrantes de cada grupo deve tomar notas, em forma de tópicos, dos principais pontos levantados. Ao final do debate, cada grupo indicará um integrante para apresentar ao restante dos alunos as considerações.

"Aqueles que somente por fortuna se tornam príncipes, pouco trabalho têm para isso, é claro, mas se mantêm muito penosamente". (p. 46)

"Os homens ofendem ou por medo ou por ódio." (p. 61)

"A sorte é sempre amiga dos jovens, porque são menos circunspectos, mais ferozes e com maior audácia a dominar." (p. 19)

Pesquisando

13. Zeca, Elvispreli e Tozoando, como muitos outros no Brasil, trabalham em um aterro sanitário. Eles reviram o lixo em busca de materiais recicláveis, que vendem para ajudar a família. Mas muitas crianças e jovens brasileiros procuram no lixo mais do que isso. Você sabe o que são aterros sanitários? Para onde vai o lixo que você produz? Faça uma pesquisa sobre o destino do lixo em sua cidade, respondendo:
- Sua cidade destina o lixo corretamente?
- Há coleta seletiva? Como ela funciona?
- A população faz a separação do lixo?
- Para onde são levados os resíduos orgânicos?
- Há campanhas de reciclagem no seu município?
- Como se dá o descarte do lixo eletrônico?
- Existe alguma cooperativa de catadores na sua cidade?
- Existe descarte inadequado de lixo (lixões a céu aberto, crianças trabalhando nesses locais?